우리가
이 세상에
머무르는
까닭

시간여행 에세이

우리가
이 세상에
머무르는
까닭

김상량

아침놀북

차례

2부. 우리가 이 세상에 머무르는 까닭

3부. 세상 속에서 배우며 깨달으며

4부. 본 대로 느낀 대로

에필로그

딸이 선물하는 아버지의 시간여행 에세이

아버지의 인생 첫 책, 딸의 첫 출간물

「우리가 이 세상에 머무르는 까닭」은 77살의 아버지를 위하여 제가 출판하는 첫 책입니다. 일흔의 아버지는 어느 날 글 한 편을 제게 읽어보라고 하셨습니다.

제가 어렴풋이 알고 있는 아버지의 삶 일부분이 적힌 글을 읽어나가면서 저는 울면서 웃었습니다. 가난 속에 서러움 많은 7살의 어린아이가 따뜻한 미소를 잃지 않은 77살의 할아버지가 되어가는 삶의 흔적들을 만날 수 있었기 때문입니다.

그때부터 아버지는 자신의 글을 쓰는 즐거움에 몰입하셨고, 아버지와 같은 칠십대 친구분들 100여 명이 있는 고교 동창 단톡방에 4년간 글을 연재하듯이 올리셨습니다. 저는 아버지의 첫 번째 독자가 되어 가장 먼저 글을 읽을 수 있었습니다.

늦은 새벽까지 책상에 앉아 돋보기를 쓰고 글을 쓰시던 백발의 아버지 뒷모습이 눈앞에 선합니다. 그렇게 단톡방에 연재한 글들은 아버지와 같은 백발의 친구들로부터 많은 공감과 감동을 이끌어냈습니다.

　요즈음, 우리는 아침 출근길에 쳇바퀴와 같은 삶 속에서 무표정한 모습으로 이와 닮은 무표정한 하루를 견디는 무수한 영혼들을 쉽게 마주합니다. 바쁜 현대 사회 속에서 갈 길을 잃은 채 지금의 이 삶을 그저 견디고 있는 이들과 아버지의 에세이를 함께 나누고 싶어 저의 인생 첫 출간물로 아버지의 첫 책을 출간하게 되었습니다.

　「우리가 이 세상에 머무르는 까닭」은 아버지와 같은 시대를 살아오신 어르신들에게는 눈물겹게 힘겨웠지만 뜨거웠던 삶의 "잊혀진 시간"을 추억하게 하고, 저와 같은 젊은이들에게는 낯설면서도 신기한 "경험하지 못한 시간"과의 만남을 갖게 할 것입니다.

　서로 다른 듯하지만 삶이란 시간 속에서 닮아 있는 우리에게 따뜻한 위안과 삶의 의미를 발견하는 시간을 선물하는 책이 되었으면 하는 바람입니다.

　　　　　　　　　　존경과 사랑을 담아 아버지의 딸이 씀

나를 찾아서

해방둥이는 1945년생을 이르는 말이다. 나는 1946년생으로 해방둥이나 마찬가지이다. 해방둥이의 의미는 무엇일까?

대륙의 끝 어렵사리 매달린 반도는 오랜 세월 지나오면서 대륙의 노여움에 맞서기도 하고, 어쩔 수 없이 엎드리기도 수 없이 하였다. 근현대에 와서는 일제의 침략까지 겹쳐 2번의 왜란과 36년간의 일제 강점으로 조국 강토는 처절하게 밟히고 밟혔다. 2차 대전의 종전으로 그들이 떠나던 이듬해 벌거숭이 땅에서 내가 태어났다. 하늘이 열리고, 조선이 열리고 난 후 가장 처절한 순간에 이 땅에 살아보겠다고 "으앙" 소리를 내질렀다.

맨 처음 나에게 펼쳐진 장면은 어떤 세계사에서도 그런 유례를 찾아보기 힘든 동족상잔의 한국전쟁이었다. 일제가 깡그리 훑어간 자리에 그 무엇이 남았기에 서로 총칼을 휘둘렀는가? 3년에 걸친 전쟁이 지나간 산야는 온통 민둥산이고 말라 비틀어진 황폐한 논밭이다. 이것이 우리 세대의 출발점이 되었다.

　우리 어린 시절은 석기와 철기가 공존하는 그런 마을에서 온종일 개미처럼 쉴 새 없이 일해야만 했다. 새마을 노래가 울려 퍼지면 아낙네들은 머리에 수건 두르고, 남정네들은 새마을 모자를 썼다.

　세기적인 발명품 나일론의 등장은 이제 베틀에서 베를 짜던 우리 누나들을 도시로 내몰았다. 우리 시골 마을의 젊은이들은 모두들 도시로 떠나버리고, 오지인 우리 마을은 하나둘 빈집이 늘어만 갔다.

　내가 장년이 되어서는 날마다 태극기를 흔들며 맹호부대 노래를 불러댔다. 내 주변에서 수없이 많은 동료들이 월남으로 향했다. 우리보다 조금 더 나이가 위였던 누나와 형들은 독일에 파견되었고, 그리고 얼마 후에는 너도나도 중동으로 떠났다. 시골 마을에서 도시로 탈출에 이어서, 해외로의 탈출을 감행하였다.

　트랜지스터 시대가 지나고, TV 시대가 오면서 외국에서는 최초 우주인이 탄생하였다. 이제는 우리에게도 컴퓨터가 일상화되었으며, 핸드폰은 나의 분신이 되었다. 드디어 얼마 전 우리나라의 고흥반도에서 우리가 만든 발사체인 누리호가 우주를 향해 높이 솟구쳤다.

　처참하게 망가진 조국 강토 대한민국에서, 우리가 우주선을 쏘아 올렸다. 이것이 백 년도 안 된 80년 역사이다. 우리 해방둥이 세대는 지구 역사상 가장 드라마틱한 세대를 지나온 사람들이라고 말할 수 있을 것 같다.

이제 머리엔 흰 백발이 내려앉고, 얼굴엔 세월이 지나간 자국이 깊게 새겨진 인생 80의 언저리에서, 나는 뒤돌아볼 겨를 없이 달려온 나의 삶의 발자취를 따라가 보고자 한다. 어떨 때는 아무 생각이 없이 지나쳐버렸고, 어떨 때는 나에게 큰 상처로 남았던 나의 흔적들이다. 지나온 나의 삶에 의미를 담는 작업을 하고자 한다. 아픔의 상처 위에 예쁜 옷을 입히는 작업이다.

1

ㄹ래도 ㄹ립다 말하리

......

다음 날 아침이 밝아왔다.

폭우가 지나가고 난 시골 아침의 햇살은

그렇게도 아름다웠다.

나에게도 찬란한 아침이 찾아왔다.

나는 살아 있다. 살아가고 있다.

👣 절대 가난

　우리 마을은 시골 중의 시골로 첩첩이 산으로 둘러싸였다. 1953년 초 6.25 전쟁이 막바지에 이르고, 양측은 한 뼘의 땅이라도 더 차지하기 위해 치열한 전투를 벌이고 있었다. 금방이라도 휴전이 발표될 것 같아 양측 모두 한발도 물러설 수 없었다. 수십 번 주인이 바뀌었던 백마고지를 우리가 차지하고, 서해안 5도를 차지하던 날, 드디어 휴전이 성립되었다. 그러나 전쟁의 화마가 휩쓸고 간 조국 산하는 벌거숭이 민둥산과 뗏국물이 자르르 흐르는 혹독한 가난뿐이었다. 그런 와중에도 8살이 되었던 나에게 국민학교 입학통지서가 왔다. 우리 마을이 아닌 다른 곳에서 다른 친구들과 만난다는 것은 나에게 엄청난 공포였지만 한마을에서 내 또래 애들 세 명이나 같이 가기에 끌려가다시피 학교로 향했다.

　요샛말로 초등학교에 입학했다. 운동장 주변을 빙 돌아 천막이

처져 있었고 천막 안에는 거적이 깔려 있었는데, 그것이 나의 첫 번째 학교 교실이었다. 지금 생각하면 운동장이라고 해야 부잣집 마당보다 조금 더 컸는데 굉장히 넓은 것으로 생각했다. 아직 정리되지 않았기 때문에 돌자갈도 많고 이곳저곳에는 물웅덩이도 많았다. ㄱ, ㄴ, ㄷ, 조금 배우다 우리는 책보를 가지고 1km는 떨어져 있는 냇가로 가서 모래를 책보에 채워 가지고 왔다. 그렇게 우리는 운동장을 모래로 채워나갔다.

3학년 때 가서야 새로 지은 건물로 옮겨갈 수 있었다. 천막이 아닌 넓은 교실에서 공부하게 되어 모두 좋아했으나 나에게는 가장 잊을 수 없는 악몽의 한 해가 되고 말았다. 새로운 교실이었음에도 유리창에는 유리가 없었다. 추운 겨울이 다가오자 담임은 학생들에게 베 쪼가리를 가져오도록 해서 창을 막았다. 나는 그 베 쪼가리 하나를 못 가져와서 수업이 끝나고 유일하게 학교에 혼자 남아 매번 청소해야 했다. 청소만 하면 다행이지만 날마다 회초리까지 맞았다. 하도 맞다 보니 얼마 후부터는 손바닥이 덜 아픈 요령을 10살의 어린 나이였음에도 자연스레 터득할 수 있었다. 덕분에 어지간히 맞아도 견딜 수 있었다.

지금 생각해도 그 선생님의 행동이 이해되지 않는다. 그래서 60년이 훨씬 더 지난 지금도 선생님의 이름만큼은 잊지 못한다. 사실 나는 어머니에게 헝겊 쪼가리를 달라고 할 수 없는 사정이 있었다.

겨울이 다가와도 나와 내 여동생에게는 입힐 겨울옷이 없었다.

여름옷을 입고 다니는 우리를 차마 보지 못하던 어머니는 어느 날 큰 결심을 하셨다. 키우던 닭을 한 마리 팔아 검정 물감을 사서 물을 들이고 옷을 만들었다. 광주고보시절 유도선수였던 아버지의 유도복과 태극기 한 장이 유일한 옷감이었다. 물감을 들였음에도 태극기가 완전히 지워지지 않았고, 나의 윗도리에는 항상 태극기가 있었다. 나는 날마다 태극기를 달고 다니는 애국자였다. 누가 놀리던 그것은 아무 상관이 없었다. 비록 베 쪼가리 하나 내지 못해 날마다 학교에서 선생님에게 매를 맞았지만, 그해 겨울은 따뜻했다.

이렇게 나의 어린 시절은 참으로 시린 기억이 많다. 그중에 지금까지도 나를 불편하게 하는 것이 하나 있다. 내 머리 정수리의 큰 상처 자국이다. 지금 같으면 소독 몇 번이면 끝날 것을 머리에 난 종기는 곪고 터지고 곪고 터지기를 거의 6개월여를 계속하였다. 나을 만하면 딱지가 떨어지고 또 나을 만하면 떨어졌다. 목숨과는 아무 상관이 없는 것이어서 관심의 대상이 될 수 없었다. 설령 내가 죽을병에 걸렸더라도 그 어떤 조치를 취할 여유가 있었으랴. 얼마간 슬퍼하고 나의 죽음은 식구 하나 줄었다는 것 외엔 큰 의미가 없었을 것이다.

머리에 난 종기는 그 해 긴 겨울이 다 가도록 나와 함께하였고 나을 때가 되어서는 결국 큰 상처자국을 남겼다. 그렇게 종기의 흉터는 내 평생의 트레이드 마크가 되어버렸다. 60년 만에 만난 국민학교 동창 여학생은 만나자마자 머리에 흉터가 지금도 있느냐고 물었다. 어린 시절 내 아픔의 상징처럼 나는 그때의 흉터를 계속해서 달고 다닌다.

그렇게 국민학교 시절이 끝나갔다. 졸업식 날 다들 학부모가 참석하여 자식의 졸업을 축하해주었지만, 당연히 나의 졸업식에는 아무도 오지 않았다. 어쩌면 다행스러운 일이었다. 다른 애들은 상장과 상품을 타고서 의기양양하게 후배들의 박수 속에 걸어 나갔다. 그러나 나는 아무것도 타지 못했다. 정문을 향해 한없이 울면서 떠나는 나에게 나의 담임은 어디서 구했는지 알 수 없는 국어사전 하나를 가져와서 내 손에 쥐여 주었다.

당시 담임은 어떻게 해서든 조그마한 상이라도 주려고 했는데 교감 선생님을 설득하지 못했던 것 같다. 나는 학교에 내야 하는 학비를 내지 못했다. 공부만 잘해서 상을 타는 것이 아니라는 사실을 이해하기에 당시 너무 어렸던 나는 그렇게 서럽게 울먹이며 국민학교 정문을 떠나고 있었다. 반세기가 훨씬 지나도 아직도 지워지지 않는 아픈 추억의 편린이다.

👣 그래도 그립다 말하리

지각과 다리 수술

우리 집에서 내가 다니던 중학교까지는 족히 6km는 되었다. 평탄한 길이 아니고 산 넘고 강을 건너가야 하는 험난한 길이었다. 아무리 숨이 가쁘도록 달려도 지각이 태반이었다. 한 학년 동안 지각이 무려 174번이었으니 지각하지 않는 게 이상할 정도였다. 학교에 도착하자마자 첫 시간은 그냥 엎드려 잠을 잤다. 그러다 중학교 2학년 때에는 이마저도 못 하게 되었다.

어느 날 사타구니에 멍울이 생긴 것이다. 그것을 수술하고 회복하기까지 54일간을 학교에 가지 못한 채 어두컴컴한 골방에서 보내었다. 다리 멍울이 성이 나고 몸은 불덩이가 되어 곪아가는 긴 과정을 그저 혼자서 감당해야만 했다. 사실 요새 표현으로 수술이라고 언급했지만, 사타구니 수술을 당시 시골 침쟁이 할아버지에게 맡겼다.

우리 가족은 그 시골에서도 편히 살 수 있는 집 한 칸이 없어서 할머니네 쪽방 한 칸에서 살았다. 사타구니 수술을 하기에는 방은 낮에도 어두웠다. 결국, 할머니네 툇마루에서 동네 사람들이 지켜보는 가운데 속바지까지 홀라당 벗고 완전 나체로 판자 마루에 똑바로 누웠다. 내가 옷을 벗으면 달아날 줄 알았던 내 또래 계집애들은 관람하기 더 좋은 자리로 옮겨 나를 구경하였다. 밝은 대낮에 요즘 말로 완전 나체 쇼를 한 것이다. 물론 마취도 없이 하는 수술이었기에 끔찍했지만 다른 선택의 여지가 없었다. 지방이 많고 신경이 많이 지나가는 곳이라서 위험한 수술이었지만 안위를 생각하는 것조차 나에게는 사치였다. 침쟁이 할아버지는 거침없이 살점을 도려내고 거기에 가제를 한 움큼 집어넣었다.

나는 아직 살아 있다. 살아 있으면 되었다. 병신이 되고 안 되고는 차후 일이었다. 수술 후 두세 차례는 소독해야 한다고 했지만, 침쟁이 할아버지를 부를 여유가 없어 제대로 치료를 마무리하지 못했다. 덕분에 지금도 흉터가 크게 남아서 후유증이 아직도 나를 괴롭힌다. 나의 쉽지 않았던 험난한 인생 중에서 다른 것은 다 잊을 수 있지만, 이때 수술 후 소독을 못 한 것에 대해서는 지금도 아프고 애잔하다.

당시 걸음을 걷지 못하는 상태에서 아무도 없는 어두컴컴한 골방에서 나는 어떻게 지냈던 것일까? 책 한 권 없는 것은 당연하고 글을 쓸 종이조차 없었다. 글이라도 쓸 수 있었다면 그때의 아픔들이 글에 생생하게 담겨 있을 터인데 그냥 그렇게 빈둥빈둥 세월만 보냈다. 밤늦게 들에서 밭을 매고 돌아오신 어머니는 나의 대

소변을 치워주셨다. 그토록 매미가 울어대던 그해 여름날 골방으로 들어간 후 산천이 붉게 타오르는 10월 어느 날 나는 드디어 그 골방을 빠져나올 수 있었다.

54일 만에 학교에 갔더니 그날 퇴학 처분을 하려고 했단다. 퇴학을 면한 나는 가까스로 졸업까지 하게 되었다. 그리고 우리 중학교에서는 일 년에 한 명 합격하기도 어려운 지방 명문고에 합격하였다. 퇴학 처분을 단행했더라면 그해 명문고 합격률이 50%는 줄었을 것이다. 그래도 두 명이나 합격한 것은 우리 학교로서는 크나큰 경사였다.

소나기와 책보

그날은 엄청나게 비가 쏟아졌다. 학교가 끝나고 웬만큼 사는 집 애들은 우산을 하나 가지고 왔거나 비료포대라도 둘러쓰고 집에 갈 수 있었다. 그러나 나는 아무것도 없었다. 학교에서 집에까지 가려면 배를 타고 황룡강을 건너야 하고 가막목재를 넘어서 가야 했다. 옷은 흠뻑 젖어도 되지만 책이 문제였다. 약 200여 명의 학생들 중에서 유일하게 나만 책보를 가지고 다녔다. 책이라고 해보았자 가장 중요한 몇 가지만 헌책을 살 수 있었고 음악, 미술, 도덕, 실과 교과목은 아예 책이 없었다. 시험 보기 전 다른 애들 것을 하루씩 빌려 읽어보고 시험을 치렀다. 가방이었더라면 어떻게라도 비를 피할 수 있었을 텐데 책보이기 때문에 나는 집에 가는 것을 포기하고 학교 교실에서 자기로 했다.

수중에 돈이 얼마 없기에 저녁 식사는 건너뛰어야 했지만, 다행히 아침에는 붕어빵 하나 사서 먹을 수 있는 돈은 가지고 있었다. 해가 지고 얼만큼 시간이 지나자 시골의 중학교 교정에는 짙은 어둠이 깔리기 시작했다. 그러나 선생님에게 들킬까 봐 불을 켤 수가 없었다. 아무것도 할 수 없는 나는 의자를 모아서 잠자리를 만들었다. 슬퍼할 권리조차 허락되지 않은 나는 아무 시름없이 석고상이 되어가고 있었다.

그런데 갑자기 문이 열리면서 플래시가 비추어지고 숙직 당번이신 오 선생님이 들어오셨다. 나를 발견하고 깜짝 놀라시는 것 같았다. 나는 대략 사정을 말씀드리고 이곳에서 자야겠다고 했다. 그러자 선생님은 저녁은 먹었느냐고 물으셨고 나는 학교 앞에서 사서 먹었다고 거짓말을 했다. 잠시 후 선생님이 떠나고 그 어린 나는 나무 의자 위에 크지 않은 나의 몸을 내려놓았다. 여름밤이라고는 해도 비 오는 날 우중충한 시골의 밤. 개구리 울음소리를 들으며 아무것도 덮을 것이 없던 나는 새우처럼 오그라들고 있었다.

다음 날 아침이 밝아왔다. 폭우가 지나가고 난 시골 아침의 햇살은 너무나도 아름다웠다. 나에게도 찬란한 아침이 찾아왔다. 나는 살아 있다. 살아가고 있다. 아침에 오 선생님이 교실에 혼자 있던 나를 찾아와 주셨다. 아침 식사를 자기 집에서 하자며 데려가 주셨다. 여름에 보리밥이 아닌 쌀이 섞인 밥을 그때 처음 먹었다. 저녁을 굶고 난 후 먹는 밥은 먹는 게 아니고 사르르 녹아들어 갔다. 지금도 선생님의 고마움을 잊지 못한다.

체육복과 체육점수

하얀 체육복과 운동모자를 쓰고 체육 교사의 호루라기 소리에 맞추어 율동하는 학생들을 상상해보라. 얼마나 멋있는 광경이겠는가. 그러나 2백 명 학생 중에 한 명은 모자도 쓰지 않고, 검은 바지 차림을 하고 있다면 그 애의 세상은 아름답다고 말할 수 있을까?

3년 내내 체육 시간은 내게 지옥의 시간이었으며 당연한 이야기이지만 나의 통신표에 체육점수는 항상 '가'로 찍혀 나왔다. 그러나 이러한 일을 부모님에게 말한다는 것은 생각할 수도 없었다. 소용없는 일이기 때문이다. 그래도 국민학교 때처럼 맞지는 않아서 천만다행이었다.

세상은 그냥 그렇게 사는 것임을 일찍 깨달았다. 나는 그렇게 질경이처럼 질긴 나의 생명력을 키워나갔다. 아무 곳에서도 잘 보이지 않으려던 나는 지금도 좀처럼 드러내지 않으려고 하는 게 체질화가 되었다. 그러나 보여야 할 곳에서만은 보이고자 그때부터 맹세했다.

중학교에 가기 위해서는 꽤나 높은 가막목재를 넘고 나룻배를 타고 황룡강을 건너야 했다. 그 가막목재에서 광주 쪽을 바라보면 광주고 도서관이 뚜렷이 보였다. 매일 재를 넘어 다니며 당시 광주 제일의 명문고인 광주고에 다니는 꿈을 꾸었다. 매년 우리 중학교에서는 한두 명 겨우 들어가는 경쟁률이 치열한 학교였지만 주변의 예상을 뒤엎고 내가 합격하였다. 그토록 바라던 곳에 나는 기어이 가게 되었다.

그러나 고등학교 입학하기 전 체육점수와 관련해서 한바탕 소동이 있었다. 당시 중학교 성적을 고등학교에 제출해야 했는데 3년 동안 받은 체육성적이 문제였던 것이다. 그때서야 나의 체육점수를 알게 된 아버지는 나에게는 알리지 않은 채 체육 선생님에게 편지 한 통을 쓰셨다. 요지는 이렇다.

"우리 아들놈이 영어, 수학을 못해서 '가'를 받았다면 천 번 만 번 수긍하지만, 체육에서 3년 동안 '가'를 받았다면 어디 신체적으로 장애가 있는 것 아닌가요? 이것은 부당한 처사로 생각합니다."

그러자 아버지 덕분에 '가'가 '미'로 수정되었다. 60여 년 전에 중학교에서 성적 위조 사건이 있었던 것이다.

고등학교 1학년 때였던 것 같다. 우리 학교에서 전남 중등 체육 교사 세미나가 있었는데 나의 중학교 체육 선생님도 참석하셨다. 선생님을 찾아가서 인사를 드렸더니 무척이나 반겨주셨다. 나중에 중학교 후배들을 통해 선생님께서 내가 찾아뵌 것을 자랑하셨다는 이야기를 들을 수 있었다. 가슴이 아려오지만 그래도 그리움이 묻어나는 추억이다.

단칸방

가난한 흥부 집에 자식은 많았다. 우리 집은 그 정도는 아니었지만 6남매이니 무엇이든지 남아날 게 없었다. 본래 할아버지로부터 물려받은 게 너무도 보잘것없거니와 아버지는 살림을 조금도 늘리지 못했다.

애들이 커가면서 학교 입학시험에 떨어지면 그나마 돈 걱정을 덜 할 텐데 시험을 보는 아이마다 덜컥덜컥 합격해버렸다. 모두다 학교에 갈 수 없어서 결국 큰형님이 대학에 합격하고도 포기하고 군에 입대하였다. 둘째 형님은 대학에, 셋째 형님은 고등학교에 합격하였다. 나는 중학교에 입학하고 여동생은 국민학교 학생이었다. 한해에 중, 고, 대학교에 동시에 입학하게 된 것이다.

아무리 국립학교였지만 우리 집으로써는 꽤 큰 돈이 드는 일이었다. 돈 한 푼 나올 곳이라고는 없고, 있는 것이라고는 시골집 한 채가 전부였다. 결국 아버지는 겨우 쌀 몇 가마를 받고 집을 팔아서 우리들의 입학금을 내셨다. 친척들의 반대가 매우 심했지만, 학창 시절 1개 군에 몇 명 안 되는 학생만이 다닌다는 광주고보를 1학년까지만 다니고 중도에 포기해야 했던 아버지는 살던 집을 파는 것에 대해서 한 치의 망설임 없이 단호하셨다.

이렇게 해서 그동안 6남매가 뒹굴고 뛰놀던 우리 집을 떠나야 했다. 집 뒤 언덕에는 커다란 앵두나무가 있어 한 해의 봄을 처음 알렸고 매년 많은 감이 열리는 단감나무는 매일 내가 오르락내리락하며 놀던 곳이다. 집 오른편에는 꽤 큰 텃밭이 있어서 고추며 가지를 따서 찬물에 말은 보리밥과 함께 된장에 찍어 먹었다. 한 여름날에 고추 몇 개를 따서 막걸리 한잔하시던 아버지의 살아생전 모습이 눈에 선하다. 텃밭 가에는 커다란 상수리나무가 여러 그루 있어 상수리를 주어다가 우려서 밥에 넣어 먹었다. 아마 아버지가 훗날 우리를 위해서 여러 가지 나무들을 심었던 모양이다. 그렇게 가꾸었던 집을 헐값에 팔고 떠났던 아버지에게 어찌 미련이 없었을까 싶다.

아버지는 조그마한 한약방을 하셨다. 어떻게 해서 한약방을 차렸는지 너무 어렸을 때라서 기억이 나지 않으나 한약방이라야 간판 없는 무허가이고 시골 면에 위치하고 있어서 손님이 거의 없었다. 마을 건너편에 점(占)보는 할머니가 우리 집 쪽을 가리키면서 북쪽으로 가야 효험이 있다고 할 때라야 그나마 손님 얼굴을 볼 수 있었다. 집을 팔아버리고 나서는 할머니 집 쪽방으로 이사를 해야 해서 아버지는 재를 넘어 4~5km 떨어진 친구분 집으로 약방을 옮기시고 그곳에 사셨다.

우리 어머니와 나 그리고 누이동생은 할머니 집 쪽방으로 들어가 살았다. 문이 북향으로 나 있었기 때문에 낮에도 어두컴컴하고 겨울이면 매서운 바람이 문풍지를 사정없이 때렸다. 조그마한 방에 장롱이 두 개 들어가고 앉은뱅이책상이 하나 들어갔다. 셋이서 다리를 펴고 잠을 잘 공간도 부족할 정도였다. 다른 사람 집들도 비어 있었는데 하필이면 할머니 집의 어둡고 추운 골방으로 이사를 했다. 그것이 우리 어머니를 비롯한 누이동생과 나에게 엄청난 고통과 시련을 주었는데도 양반인지 뭔지 하는 체면 때문에 부모님은 당연히 할머니 집이어야 한다고 생각한 것 같았다. 조금만 돌려 생각해보면 다른 방법들도 있다는 것을 알았을 터인데 그러하지 못했다. 우리 부모님에게는 티끌만큼의 융통성도 없었다.

할머니는 서모였는데 어머니보다 2살인가 많고 큰어머니보다는 오히려 적었다. 성격이 급하고 늘상 소리소리 질러대서 동네에서 호랑이 할머니로 통했다. 사리분별력이 있고 생각이 깊었던 분은 아니었던 것 같고 남의 이야기에 곧잘 휘둘렸다. 우리 동네는 집성촌이나 마찬가지여서 큰어머니를 비롯한 많은 친척이 같이 살았다. 할머니는 부자였기에 우리가 함께 살면서 그래도 득을 보지 않을까 하는 생각은 주변 가까운 친척들에게는 당연한 것으로 여겨졌던 것 같다.

어디서 좋지 않은 소리를 듣고 오는 날이면 거의 매일 할머니는 고문에 가까운 수준으로 우리에게 온갖 정제되지 않는 소리를 쏟아내셨다. 그래도 나는 남자이고 중학생이었지만 국민학교 어린 소녀였던 누이동생은 완전 주눅이 들어가고 있었다.

단칸방 생활은 공간이 좁아서 어려웠던 게 아니라 이렇게 날마다 소리 질러대던 할머니의 광란적 행동으로 인해 우리 세 식구 가슴에는 파랗게 멍이 들어가고 있었다. 보다 못해 동네 주민들이 합심하여 방 3개에 광이 있는 집 한 채와 헛간채 한 채를 지어주었다. 목수는 건넛마을 할아버지가 맡았으며 한 집에 한 사람씩 매일같이 나와서 우리 집을 지어주었다. 그저 한없이 감사할 뿐이었다. 드디어 3년의 암울한 기억을 뒤로하고 동네 사람들 덕분에 우리는 새로운 집으로 이사할 수 있었다. 매섭던 추위가 끝나갈 무렵, 나와 누이동생은 상급학교 진학을 위해 광주로 나오게 되었다.

이후 꽤 많은 시간이 흐르고 고향 시골에 갔을 때 가끔 할머니에게 용돈을 드렸었다. 그러나 내 누이는 지갑에서 돈을 꺼냈다 다시 집어넣기를 반복했다. 단칸방은 어른이 된 지금도 다시 돌아가고 싶지 않은 아픔의 공간이다.

👣 추억의 빈자리에

고등학교 시절 어느 날 저녁 10시 무렵, 나는 잠깐 저세상에 갔다가 새벽 4시쯤 염라대왕인가 누군가가 빨리 나가라고 해서 다시 이 세상으로 나왔다. 정신이 돌아와서 눈을 떠보니 하얀 시트가 깔린 병원 침대 위에 핏기 하나 없이 정말 시체처럼 누워 있었고, 누군가 열심히 나의 다리를 주무르고 있었다. 종임 누나였다. 누나는 밤새도록 잠도 자지 않고 그렇게 서서 나를 지키고 있었다. 고등학교를 갓 졸업한 여학생이 자기 때문에 정신을 잃고 사경을 헤매는 자기보다 어린 학생 앞에서 어떤 마음이었을까?

전날 밤. 누나가 일하는 병원 문을 내리고 함께 팥빙수를 먹으러 밖으로 나갔다. 누나는 여고를 갓 졸업하고 한 달 전에 이 병원 간호보조원으로 들어왔다. 나는 고등학교 2학년이었고 병원 원장집 애들 공부를 좀 봐주기로 하고 숙식을 해결하고 있었다. 마침 누나가 첫 봉급을 탔단다. 그 첫 봉급으로 나에게 팥빙수를 사주는 것이다. 건강 상태가 그리 좋지 않았던 내가 팥빙수 한 그릇을 다 먹었다. 내 주제에 어떻게 팥빙수를 사서 먹을 수 있었겠는가. 그토록 먹고 싶었던 팥빙수였으니 실컷 먹었다. 잘 먹고 돌아오다가 목으로 피를 쏟기 시작했고 너무 많이 토해서 정신을 잃고 도로에서 쓰러져버렸다. 밤 10시 조금 넘어 쓰러지고 그다음 날 4시까지 아주 특별한 곳으로 여행을 다녀왔다. 병원에 도착해서도 지혈이 되지 않아 한참을 애를 먹었다고 한다. 며칠 만에 걸음을 내딛었을 때 나는 하늘로 붕붕 떠다니는 기분이었다.

아픈 몸을 이끌고 나는 시골집으로 돌아갔다. 마침 방학 중이라서 집에서 아버지가 손수 지어주신 한약을 먹으면서 지냈다. 내가 먹는 약은 옛날 사약으로 쓰이던 부자가 들어 있는 약이었다. 60세 이상 노인들이 먹는 약으로, 워낙 몸이 쇠약했기 때문에 그 약을 처방했다고 아버지에게 들었다. 내 건강 상태가 60대 할아버지보다도 못하다는 이야기였다. 학교에 다닐 것인가 휴학을 할 것인가 많이 고민했지만, 우리 형편에 휴학할 수도 없고 결석 반, 출석 반으로라도 학교에 다니기로 했다. 그때가 2학년 2학기였다.

방학이 끝나고 광주로 올라와 종임이 누나에게 인사라도 하려고 병원에 들렀을 때 누나는 이미 다른 곳으로 떠나고 없었다. 어디로 갔느냐고 차마 묻지도 못했다. 그렇게 나를 예뻐해주던 큰 눈망울의 누나에게 끝내 감사의 말을 전할 수 없게 되었다.

학교 때문에 부모님을 떠나 살게 된 광주에는 일가친척이라고는 유일하게 5일장에 다니시며 사기그릇을 파시는 고모님 한 분이 계셨다. 월산동 구석진 곳에 조그마한 오두막집이었는데 갈 곳이 없는 나는 동생과 함께 그곳에 맡겨졌다. 봄날의 햇살처럼 마음씨가 고왔던 고모님은 또다른 시댁 식구들도 데리고 있었는데 우리까지 품어주셨다. 일단은 학교가 파하고 돌아갈 곳은 있게 되었다.

고모님 집에서 학교가 있는 계림동까지는 족히 4km는 된다. 시내의 4km는 시골의 그것과는 다르지만 한 번도 멀다고는 느껴보지 않았다. 몸의 상태도 허락하지 않지만, 돈도 없기에 과외 활동은 아무것도 할 수가 없었다. 다람쥐 쳇바퀴 돌듯 학교와 집을 오갔다. 그나마 편히 책상에 앉아서 공부를 할 수 있는 환경도 되지 못했다. 한 칸 방에 다섯 명이 지내야 했고, 학생은 세 명인데 앉은뱅이책상 하나에서 공부를 했다. 지금 같으면 상상이 되지 않겠지만 그때도 지구는 공전과 자전을 멈추지 않았다.

그해 겨울 방학 때 서울에서 대학을 다니고 있던 둘째 형님이 시골집으로 내려왔다. 핏기가 없는 나를 보고 헤모글로빈 한 병을 사주셨다. 형님도 집에서 돈을 대줄 수 없고 어렵사리 학교에 다니고 있었는데 동생이 아프다니 그걸 한 병 사준 것이다. 피를 많이 흘려서인지 헤모글로빈을 먹고 나서 얼굴에 핏기가 돌아왔다. 나는 그럭저럭 고등학교를 졸업할 수 있었지만 오랜 기간 후유증에서 벗어나지 못했다. 다른 친구들은 고등학교 시절 많은 추억이 있지만 나는 겨우겨우 버텨내는 일상의 연속이었다.

내가 이 나이 먹도록 살아오면서 마음 한구석 채워지지 않는 갈증이 있다. 그것은 다름 아닌 고등학교를 광주에서 다녔으면서도 무등산을 가보지 못한 것이다. 친구들이 증심사를 이야기하고 서석대를 이야기하면 나는 한없이 작아진다. 그리하여 더 늙기 전에 무등산 정상을 밟아보는 것이 나의 꿈이 되었다. 드디어 그 기회가 찾아왔다. 2016년 내가 재경 고등학교 동창회장을 맡고 있었는데 광주서 열리는 총동창회 모임에 참석해야 했다. 동료들과 함께 행사 전날 무등산 등정을 함으로써 드디어 나의 오랜 갈증을 해소할 수 있게 되었다. 하늘도 나를 반겼다. 정작 동창회 행사 날은 종일 비가 내렸는데 우리가 무등산을 가던 날은 그렇게도 날씨가 맑았다.

고등학교 시절 빈 공간으로 남겨두었던 나의 일기장에 이렇게 적었다.

무등산 등반기

모교 교정에 가면 이성부 선배의 무등산 시비가 있다. 이 시에서 무등산은 감정을 드러내지 않고 의연한 모습을 지닌 광주의 어머니라고 쓰여 있다. 자식이 절망에 빠져 현실에서 도망쳐 왔을 때 품어 안아 다시 살아날 수 있게 하며 고향으로 돌아온 자식을 반가이 맞이해줄 것 같다고 했다.

아침부터 광주에 사는 동창들이 막걸리와 감 상자를 들고 증심
사까지 와주었다. 광주 친구들과 헤어진 후 우리 일행은 드디어
무등산 등정에 올랐다. 까까머리 고등학생이었던 시절을 뒤로하
고 백발의 할아버지가 되어 졸업 후 오랜만에 다시 찾은 무등산을
오르면서 우리는 아무런 말이 없었다. 말이 필요없었다. 우리가
무등산을 찾은 것은 등산을 위해서가 아니었다. 무등산은 고향이
고, 어머니이고, 우리의 버팀목인 것이다. 이성부 선배의 마음이
우리의 마음이다. 우리는 어머니 품에 달려가 안기고 싶었다.

무등산 들머리에서 17명이 출발하였으나 한 사람, 두 사람 떨
어져 나가기 시작했다. 선발 대장으로는 가장 등산 경험이 많은
친구가 이끌고 맨 뒤는 친구들과 보조를 맞추며 지원할 수 있는
가장 체력 좋은 친구가 맡기로 하였다. 코스는 주변 경치가 좋고
완만한 경사의 '옛길'을 택했다. 출발지로부터 입석대까지 4.4km
이다. 산길이 이 정도면 청장년들도 꽤 걸릴 텐데 70대 노인들이
오른다. 2km 지점을 오르자 포기할 사람들은 다시 올라오던 길
을 따라 하산하는데 친구 중 걱정했던 한 명이 아직 버티고 있다.
조금 더 오르다 말겠지, 하며 나도 힘겹게 걸음을 재촉하여본다.

코스가 정말 아기자기하고 좋았다. 내일은 엄청 비가 온다는데
오늘은 최적의 날씨이다. 드디어 서석대에 오르니 멀리 광주 시내
가 한눈에 들어왔다. 단 한 번만이라도 무등산의 거대한 품속에
안기고 싶었는데 드디어 오랜 소원을 이루었다. 이제 70살이 넘
은 나이인데 또다시 오기는 어려울 것 같다. 이 순간을 오래오래

기억하고 싶다. 잠깐 쉬면서 사진도 찍고 주변의 경치를 감상했다. 그런데 중도에 분명 포기할 거로 생각했던 친구의 배가 불쑥 나타났다. 한참 시간이 흐르고 나서 얼굴이 나타났다. 충격이었다. 여기까지 올라오다니 무슨 깊은 사연이 있었기에 저토록 기를 쓰고 올라왔을까. 놀랍게도 모두 12명이 올라왔다.

서석대를 설명하고 입석대를 설명할 필요는 없을 것이다. 그러나 우리가 느끼는 환희는 그 어떤 말로도 표현할 수 없었다. 오롯이 올라온 사람들만이 느낄 수 있는 것이다. 우리는 입석대에서 가지고 온 막걸리 4병과 감을 먹었다. 그렇게 무등산 정상에서 고향의 술을 마신다. 추억을 마신다. 우정을 마신다. 4시간 걸쳐서 올라왔으니 이제 내려가야 했다. 하산 길도 만만치 않았다. 3시간 정도 걸리면 저녁 7시가 되는데 밑에서 기다리는 친구들을 생각하니 마음이 바쁘다. 정신없이 내려왔는데도 주변은 이미 어두워지고 밑에서 기다리는 친구들의 원망은 하늘을 찔렀다. 어머니! 이제 우리는 어머니의 품을 떠나려고 합니다.

👣 상록의 아들

대학교 교가는 입학식 날 한 번 불러보고 마지막으로 졸업식 날 한 번 더 불렀다. 농대를 다녔던 우리는 교가 대신 「상록의 아들」이란 노래를 무슨 행사에든 늘 불렀기 때문이다. 그때는 서울 농대 위치도 수원에 있어 주변에 서호(西湖)가 있고 연습림 숲이 있어 자연 속에서 공부할 수 있었다. 농업 생명에 관한 공부는 정치나 경제처럼 경쟁에서 이겨야 하는 수업이 아니고 생명의 존귀함을 깨닫고 그것을 보전, 발전시키는 생명을 살피는 학문이다. 확실히 공부하는 학문에 따라 인성이 다르게 형성되어질 수밖에 없는 것 같다. 농대생에게는 어딘가 시골의 냄새가 풍기고 왠지 여유롭다.

서울에서 떨어져 있어서 대부분 학생들은 학교 기숙사에서 생활했다. 녹원사에는 여학생들이 있었고 남학생들은 상록사에 있었다. 넓은 교정에 식사 시간을 알리는 시그널뮤직은 「오블라디 오블라다」이다. 아프리카 요루바 부족 언어인 '삶은 계속된다'라는 뜻이 담긴 비틀즈의 노래다. 하루에 3번씩(총 3시간) 들었기 때문에 그 당시 농대를 다녔던 사람들은 이 노래에서 향수를 느끼기에 충분하다. 아련히 떠오르는 추억이다. 그것도 밥 먹으러 오라는 신호이니 말이다.

당시 샌드 페블스 출신 SM의 이수만 회장은 대중에게 꽤 알려진 가수였으며 농대 내에서도 단연 샌드 페블스가 인기였다. 그들은 점심시간마다 「나 어떡해」를 연습했는데, 「나 어떡해」가 울려 퍼지면 모두 하나가 된다. '다정했던 네가, 상냥했던 네가, 그럴 수 있나!' 이 대목에서는 우리는 거의 절규한다. 밴드 활동은 1학년 때 1년만 할 수 있어서 그동안 45대 구성원까지(2016년 기준) 231명의 멤버를 배출했다. 제1회 MBC 가요대상은 6대 멤버가 수상했다. 2학년 때는 모두 학업으로 돌아가기 때문에 100% 연예인은 거의 없고(이수만, 산울림 제외) 다른 전문 분야에서 생활하는 순수한 아마추어들이다.

시간이 날 때면 우리는 연습림 숲속을 거닐었다. 울창한 숲속에 들어서면 마치 속세를 떠나온 것처럼 느껴졌다. 미팅 때 필수 데이트 코스이기도 하다. 여기에 처음 왔을 때 나도 감탄할 수밖에 없었다. 연습림 주변에는 유명했던 딸기밭이 있었는데 그 당시 젊은이들은 연인들과 수원에 딸기를 먹으러 오는 것이 유행이었다. 멀칭재배가 보편화되고 아무 곳에서 아무 때나 딸기가 생산되기 이전에는 수원의 명물이었다. 다른 곳의 딸기보다 당분 함량이 많고 크기도 먹음직스러웠다. 딸기의 달콤함만큼이나 잊히지 않는 기억 속의 한 장소이다.

딸기가 한창일 때쯤이면 모심기도 한창이다. 지금은 도시가 들어서 버렸지만, 농대 주변은 끝없는 들판이었다. 농번기 때면 일손 돕기로 모심기도 하고 벼도 베러 다녔다. 그날은 막걸리도 거나하게 들이켤 수 있는 특식 날이었다.

도수 높은 안경을 끼고도 앞이 잘 보이지 않는 지질학을 가르치는 노교수는 오늘도 괴상한 돌멩이 몇 개를 들고 불안한 모습으로 강단에 섰다. 몇십 년째 똑같은 노트는 이제 겉표지가 누렇게 변색하고 금방이라도 떨어져 나갈 것만 같다. 김일성대학교 교수 경력 때문에 고문을 심하게 받아 정신이 오락가락한다는 게 떠도는 설이었다. 그것은 그 시절 강단의 한 모습이다. 동물학 시간에는 논에 가서 개구리를 몇 마리씩 잡아 왔다. 실험실에 와서 개구리를 해부하고 내부 구조를 상세히 그려서 제출하였다. 우리는 「표본실의 청개구리」를 쓴 염상섭이 아니기에 실제로 내부 창자를 들추어내야 했기 때문에 해부하기 전 개구리들에게 엄숙한 예를 갖추었다.

식물분류학 시간에는 봄부터 여름, 가을까지 날쌘 다람쥐처럼 관악산을 샅샅이 살펴 관악산에 자라고 있는 야생화 지도를 만들어나갔다. 계절별, 고도별 야생화 분포 상태를 파악하기 위한 작업이었다. 가정과 여학생들과 같이 다녔기 때문에 그런대로 괜찮았다. 전국 명문 여고에서 한때 날리던 학생들로 그때는 대수롭지 않게 어울려 지냈는데, 나중에 들어보니 교수나 사회지도층으로도 많이 활동하고 있었다. 옆에 가까이 있으면 작아 보이는 것인가 보다. 나에게는 그냥 그렇게 스쳐 지나간 인연이었다. 로버트 프로스트의 「가지 않은 길」이 생각난다.

오랜 세월이 흐른 다음
나는 한숨지으며 이야기하겠지요.

두 갈래 길이 숲속으로 나 있었다. 그래서 나는
사람이 덜 다니는 길을 택했고
그것이 내 운명을 바꾸어 놓았다고.

어느 날 학과장 집에 갔다. 작은 조립식 집 같은데 매우 초라했다. 그러나 정원은 꽤 넓었다. 조그마한 연못도 있고 주변에는 수많은 종류의 꽃들로 가득했다. 이 꽃들은 비료를 주고 물을 주고 열심히 가꾸는 그러한 꽃들이 아니다. 그냥 길섶에서 어떨 때는 사람들의 발길에 밟히며 질기게 살아가는 이름 없는 야생초들이었다. 그러나 이렇게 조그마한 관심을 가지고 바라보니 그토록 아담하고 깜찍할 수 없었다. 물 주고 약 주어 화려하게 피었다가 쉽게 져버리는 그런 꽃이 아니다. 남이 알아주지 않더라도 질긴 생명력으로 자기를 지키며 품위를 잃지 않는다. 내가 야생화를 그토록 좋아하는 이유이다. 나는 그때부터 야생화로 꾸며진 정원을 꿈꾸었지만 꿈은 꿈으로 끝날 것 같다.

작물을 가꾸는 것은 마치 어린애를 키우는 것과 흡사하다. 작물은 사람의 발소리를 듣고 자란다고 한다. 정성이 들어간 만큼 자란다. 농업은 투기가 아니고 노력한 만큼만 대가를 기대한다. 땅을 일구어 작물을 가꾸어가는 사람들은 겸손할 수밖에 없다. 그러나 나라가 위태로울 때는 과감히 일어나 대항했고 폭정에 목숨 바쳐 항거했다.

4월의 봄 수원의 농과대학 정원은 화사한 봄을 준비하고 있었다. 대학 본관 앞 잔디에서 학생들이 모여들었다.

"동지여! 우리의 숭고한 피를 뿌리며 이 땅에 영원한 민주주의의 푸른 잎사귀가 번성하도록 할 용기를 그대들은 주저하고 있는가!"

김상진 열사가 대통령께 드리는 공개장과 양심 선언문이 낭독되고 있었다. 너무나 앳된 얼굴의 그가 절규하고 있었다. 이어서 여학생들의 날카로운 비명이 들리고 그토록 그가 아끼고 사랑했던 교정에 김상진 열사는 그의 몸을 영원히 맡겼다. 행동하는 양심이었다. 데모 대열을 따라 수원 팔달문(八達門) 앞을 한 바퀴 돌고 최루탄 한 방에 혼비백산하여 돌아오고만 나는 한없는 절망감에 빠져들었다. 행동하지 못한 양심에 한없이 부끄러울 수밖에 없었다. 한일 협정 반대 데모는 전국적으로 불타오르고 군사정권의 독재는 점점 더 장기 집권의 야욕을 드러내고 있는데, 그래도 어김없이 시간은 흘러 대학 생활 내내 제대로 공부도 해보지 못 한 채 우리는 떠밀리듯 학교 문을 나서야 했다.

🐾 절망의 늪에서

운현동 덕성여대에서 기술고시 2차 시험을 치르는 첫째 날이 었다. 오전 시험을 치르고 밖으로 나오는데 뜻밖에 큰형님이 서 계셨다. 응원을 나오신 것이리라. 이렇게 나이가 들었는데 응원이 라니 쑥스러웠다. 첫 시간 한 과목에 2문제가 출제되었는데 한 문 제는 내가 전혀 예상하지 못한 문제였다. 그래도 무언가는 써야 했기에 핵심에는 들어가지 못하고 빙빙 돌다가 시간에 맞추어 그 냥 끝내버렸다.

형님은 내가 한 문제를 망쳤다고 이야기하였더니 그냥 집에 가 자고 하셨다. 과락이 40점이기 때문에 한 문제에서 5점을 받으면 나머지 한 문제에서 거의 40점을 받아야 하는데, 고시에서 한 문 제에 40점을 받는 경우란 없다는 것이다. 과락이 되지 않더라도 평균 60점을 넘겨야 하는데 그게 가능한 일이 되기도 어려웠다. 이후 모든 과목을 현격한 차이로 1등을 해야지만 합격할 수 있기 때문이다. 그래도 형님은 점심을 사주시고 가셨다.

지금은 수원 시내이지만 그 당시 내가 자취하던 집은 집 주위가 탱자나무로 둘러쳐져 있는 외딴집이었다. 군대도 갔다 온 늦깎이 학생이 학교 공부하랴, 고시 공부하랴 사투를 벌이고 있었다. 늦은 밤 밖에 나오면 시골 들녘의 내음과 풀벌레 소리, 하늘엔 작은 별이 총총히 떠 있었다. 매일 밤 체력유지를 위하여 나는 3km 정도를 달렸다. 자정이 다가올 즈음엔 매일 찾아와주는 불청객이 있었다. 처음에는 영락없는 어린애 우는 소리인 줄 알고 후다닥 밖으로 뛰어나갔다. 매일 밤 고양이는 나에게 찾아와서 그렇게 슬피 울고 갔다. 첫해 시험은 나도 슬피 울어야 했다.

　대학도 졸업하고 다른 곳에서 공부할 돈도 없고 해서 큰형님 집에 있을 수밖에 없었다. 수유리였는데 집 주변에 있는 독서실을 다니며 공부를 했다. 나이는 들고 날마다 독서실에서 종일 앉아 있다 보니 내가 나인 것 같지 않았다. 다른 친구들은 모두 회사에 다니는데 꼭 합격한다는 확신도 없는 상태이다 보니 정신이 약간 나가 있었다. 나를 많이 따랐던 여동생 친구는 그 해 화사한 봄날 시집을 갔단다. 점점 나의 머릿속은 백지상태가 되어갔고 고등학생도 풀 수 있는 문제도 도무지 생각이 나지 않았다.

　나는 책 한 권도 가지지 않은 채 시골로 내려가 보름간 머물렀다. 날마다 어머니를 따라서 논두렁 밭두렁을 다니며 일을 거들었다. 내가 좋아하는 식혜, 찰밥을 실컷 먹고 다시 상경했다. 이제는 컨디션 조절이 필요하다는 것도 절실히 느꼈기에 일요일에는 공부하지 않기로 하고 도시락 하나만 싸서 들고 북한산을 종일 돌아

다녔다.

　뜨거운 더위에 숨이 막힐 듯한 여름도 가고 산천을 붉게 물들였던 가을도 한 해의 자기 수명을 다했다. 낙엽이 져가는 스산한 계절에 드디어 그동안 피땀 흘려 공부한 결과를 심판받는 날이 왔다. 시험 첫날 보란 듯이 한 과목을 완전히 망쳐버렸다. 그 상황에서 남은 시험을 포기하고 집으로 돌아가는 것조차 이상하지 않을 정도였다. 그러나 나는 정신 나간 소리를 내뱉는다. "형님 걱정하지 마세요. 앞으로 남은 과목들은 완벽하게 작성할게요. 이번 과목은 40점은 나올 거예요."

　시험이 끝나고 한 달 조금 뒤에 2차 합격자 발표가 예정되어 있었다. 그 지루한 시간 동안 나는 아무 데도 갈 곳이 없었다. 돈이라도 있으면 여가를 즐길 수 있으련만 그럴 형편은 못 되고 그저 밥이라도 얻어먹으니 다행이었다. 이런 행운도 합격자 발표 날까지만이었다. 떨어지는 날에는 더 있을 면목이 없기 때문이다. 형님은 신혼의 어려운 살림에도 불구하고 지금까지 대학 학비와 하숙비를 대주고 그것도 모자라 1년간 고시 공부하는 동안 모든 뒷바라지를 해주셨다. 이제는 더 이상 머무를 수 없다. 어디로 가야 한다는 말인가. 나는 하루하루 말라만 갔다.

　합격자 발표 하루 전, 나는 오전에 또 북한산에 다녀왔다. 정부 공식 발표는 내일이지만 신문사에서는 국가고시 합격자 명단을 발표일 하루 전에 전달받기 때문에 합격자를 미리 알 수 있었다. 당시 앞집 아저씨가 신문사에 다니셨는데, 그날 점심때쯤 앞집 아주머니가 창문을 열더니 "삼촌 떨어졌어!"라고 아무렇지 않게 나를 향해 소리쳤다. 떨어져도 자기와는 아무 상관 없다는 편안한 낯빛으로 내 얼굴을 빤히 쳐다보았다. 순간 나는 깊은 나락으로 떨어졌다. '우선 시골로 가자! 가서 앞으로 일을 생각해보자.'

그러자 앞집에서 헐레벌떡 달려온 형수는 얼이 잠시 빠져 있는 나에게는 눈빛도 주지 않은 채 직장에 계시는 형님에게 전화를 걸었다. "여보, 삼촌 합격했어요!" 지금도 어떻게 내가 합격했는지 궁금하다. 첫 시험을 망쳤음에도 다음 과목들에서 고시 출제 위원보다 내가 더 잘 썼나 보다. 그것도 성적이 좋았는지 재무부 산하에 발령을 받았다. 합격자를 발표하는 날 아침, 꼭두새벽부터 신문이 오기를 기다렸다.

내 인생의 최대 전환점에서 나는 내가 바라던 방향으로 길을 갈 수 있었다. 다른 길이 나에게 더 좋은 길이었을지 모르지만 내가 가고자 하는 길에 섰기에 나는 후회하지 않는다. 절망의 늪에서 나는 드디어 바깥세상으로 나오고 있다.

🦶 고문관

추위가 맹위를 떨치는 2월 초순의 어느 날 송정리역 구내. 군에 입대하는 자들을 실은 열차가 출발 기적을 울린다. 드디어 서서히 출발하고 있다. 그때까지 기차의 창 너머에서 나를 바라보고 계시던 우리 어머니는 아무 정신이 없이 기차가 움직이는 쪽으로 달려오고 계신다. 그러나 기차는 우리 어머니를 하나의 점으로 남긴 채 산모퉁이를 돌아 말로만 듣던 논산훈련소로 힘차게 내달린다.

이 순간부터 군대다. 어머니가 보였던 세계와 어머니가 보이지 않는 세계는 다르다. 내 주변을 흐르는 공기 자체가 다르다. 지금 가고 있는 길은 엊그제 왔던 길이지만 지금은 전혀 다른 길처럼 느껴진다. 군대의 세계에서 가고 있는 처음 가는 길이다. 산허리를 돌자마자 우리를 인솔하는 병사는 통로 한가운데로 나와서 얼차려를 반복한다. 손가락이 펴지면 우리는 일어서고 내려지면 앉아야 한다. 지금까지의 느슨했던 생각은 단숨에 사라지고 그야말로 군인정신이 내 온몸에 샅샅이 퍼져나간다. 앞뒷문에 보초가 세워지고 벌써 살벌한 기운이 주변을 엄습해 왔다.

출발지인 송정리역 바로 다음 역이 임곡역이다. 이성부 시인의 시에 "서울에서 고향 광주에 오면서 임곡에서 바라보면 무등산이 보인다."라고 쓰인 문구가 있다. 내가 지나가는 철로에서 50m도 안 되는 곳에 내가 다니던 중학교가 있다. 철로 반대편으로는 아름다운 황룡강이 흐르고 저만큼 멀찌감치 어릴 적 일천 번도 훨씬 더 넘었을 가막목재가 있다.

한여름에 팬티까지 벗어 던진 채 황룡강에 뛰어들어 수영하고 배에 타고 있는 여학생들에게 물장난을 쳤다. 학교를 오가며 우리는 매일 철로 위에서 멀리 걷기 시합을 했으며, 가막목재에서 황룡강을 건너서 철로를 넘기까지 누가 먼저 도착하나 달리기 시합을 했다. 한번은 눈앞에 기차가 달려오고 있는데 시합에 이기기 위해서 위험을 무릅쓰고 철로를 넘기도 했었다. 나는 지금 임곡을 지나며 그 어린 시절로 돌아가 황룡강 강변을 거닐고 있다. 애잔한 그리움이다.

앞으로 3년이나 있어야 할 그곳. 모두가 그토록 가기 싫어하는 군대에 가고 있다. 내가 과연 잘 견뎌낼 수 있을까? 나는 짙은 두려움 속으로 빠져들었다. 해름 무렵이 되어서야 기차는 낯선 논산 벌판에 멈추었다. 옛날 삼국시대 계백장군이 말을 달리던 들녘이다. 계백장군이 없는 논산 벌에는 스산한 바람과 함께 황혼이 물들고 있다. 대신 우리는 논산 꼬맹이들의 열렬한 환영을 받으며 훈련소로 들어갔다. 여기까지 오면서 쓰고 왔던 모자와 수건 그리고 손에 든 먹을 것은 순식간에 꼬마 녀석들의 것이 되어버렸다. 훈련소 정문에 들어서자 보초 서던 놈들의 광란적인 환영식이 있었다. 재수 없는 친구들은 아무 쓸모 없는 주먹세례와 발길질을 받고 정문을 통과해야만 했다.

논산훈련소의 첫 밤이 시작되었다. 다른 훈련소도 그랬는지 모르지만 조그마한 방에 1개 중대 규모 정도 인원을 취침시키다 보니 칼잠을 자야 했다. 칼잠이라는 용어를 군대에서 처음 들어보았다. 칼날처럼 몸을 옆으로 세우고 팔은 몸에 바짝 붙인 채로 잠들어야 했다. 도저히 움직일 수 없었다. 이 좁은 군대 막사에 60여 명의 장정이 그렇게 잘 정돈된 채 숨을 죽이고 있었다. 저녁 10시가 되고 취침나팔이 울려 퍼지면 완전히 소등된다. 그리고 내무반장이란 놈이 가운데 통로를 왔다 갔다 하며 일장 연설을 하였다. 내무반장이라야 우리보다 일주일 정도 먼저 훈련소에 입소한 친구다. 그런데 이 친구가 사기를 치는데 보통 수준이 아니었다.
여러분들의 안녕을 위해서 기관병에게 상납해야 하니 1인당 돈 얼마씩을 내라는 것이다. 거기다 덧붙여서 가져온 간식이 있으면 내놓으란다. 나보다 더 고문관이라 생각되는 친구들도 있었다. 그들은 돈도 내고, 음식물도 갖다 바쳤다.

다음 날 아침 6시 기상나팔이 울려 퍼지고, 우리는 잠자리를 정리하였다. 부리나케 청소한 다음 군대에서의 첫 식사가 마련되었다. 그러나 우리 앞에 놓인 아침밥은 벌겋다.

지난 장마에 보리가 상했나 보다. 이렇게 변질한 보리쌀을 어떻게 군인들의 양식으로 제공할 수 있단 말인가. 아무리 가난해서 굶었을망정 이렇게 벌건 밥을 먹는 것은 처음이다. 그러나 훈련을 받기 위해서는 그것이라도 삼켜 배 속에 넣어두어야 했다.

아침밥을 억지로 밀어 넣고, 이발을 하려고 이발소를 찾았다. 입대 전 이발을 하지 않고 왔기 때문이다. 이리저리 둘러보니 주변에 마침 사병 이발소가 있어 문을 열고 들어갔다. 들어서자마자 나를 대하는 태도가 무언가 이상했다. 완전히 놀리는 것 같았다. 그중에서 제일 짓궂은 친구가 나더러 의자에 앉으란다. 드디어 이발이 시작되었는데 가로세로 한 번씩 기계가 지나가더니 다 되었으니 내려오란다. 머리에 고속도로가 난 듯 무슨 머리 스타일이 이러나 싶었다. 아무 말 없이 내려오지 않고 버티었다.

그러자 이발병이 한심스러운 투로 나에게 국민학교는 나왔느냐고 물었다. 이곳은 훈련병 이발소가 아니고 사병 이발소이기 때문에 한글을 몰라서 이곳으로 들어온 줄 아는 모양이다. 이때는 한글을 모르는 친구도 가끔 있었던 때이다. 그래서 나는 대학을 다닌다고는 말하기 그래서 "그보다는 조금 더 공부했다."라고 나름 겸손하게 말했다. 그러자 이발사는 "야, 인마. 글을 읽을 줄 아는 놈이 여기로 왔느냐. 여기는 훈련병 이발소가 아니고 기관병들이 이발하는 곳이야."라며 쏘아붙이듯이 말했다. 또 하나 새로운 용어를 배웠다. 기관병이 꽤 높은 모양이었다.

"그러면 중학교는 나왔냐?"

"그보다 조금 더 배웠는데요."

"중학교 나왔으면 이 앞의 간판에 영어로 쓰여 있는 것, 무슨 뜻인지 알겠네."

"예. private barbershop이라고 쓰여 있던데요."

"어쭈, 너 그러면 고등학교는 나왔냐?"

"그보다 조금 더 배웠는데요."

"그러면 대학 다니다 왔냐?"라고 묻는 말의 톤이 갑자기 부드러워진다.

"어느 대학인데?"

"서울대학인데요."

다시 내 머리에서 이발기는 사각거리기 시작했다. 좀 전과는 다른 리듬이 있는 사각거림이었다. 남은 머리카락을 완전히 밀어버린 후 면도로 뒷마무리까지 깨끗이 해주었다. 목에 묻은 머리카락까지 친절히 털어주었고 더더욱 고마운 것은 난로 위에 머리 감을 따뜻한 물이 있으니 사용하란다. 감사하다고 하자 군 생활 잘하라고 인사까지 해주었다. 머지않은 장래의 고문관은 훈련소에서부터 감히 상상할 수도 없는 사병 이발소의 따뜻한 물로 머리까지 감았다. 아직 조금이라도 남아 있던 민간인의 흔적을 남김없이 말끔히 지우고 대한민국의 훈련병으로 나는 다시 태어났다. 나의 병영 생활 첫 아침은 그렇게 운 좋게 시작됐다.

🐾 늘 나와 함께 하시는 하느님

아무리 전쟁이 없는 평화 시대이더라도 군대에서 아무 탈 없이 제대를 할 수 있다는 것은 큰 축복이다. 군대 시절 건설 공병단 정보과에서 근무하였다. 공사를 하는 곳은 늘 크고 작은 안전사고가 허다했다. 한 번은 폭파작업을 지휘하던 중대장이 폭파 예정 시간이 지났는데도 터지지 않아 확인하려고 접근하다가 폭파해서 사망하고 말았다. 작업 중뿐만 아니고 훈련 중에도 위험한 순간이 많이 있을 수밖에 없다. 나도 죽음의 문턱을 몇 번 넘나들었다. 안전사고뿐만 아니다. 생각지도 않은 일로 영창 가는 일도 많이 생길 수 있는 곳이 바로 군대이다. 나도 영창 일보 직전까지 갈 뻔한 일들이 있었다.

졸병 시절 강원도의 겨울은 유난히 춥게 느껴졌다. 그날은 보초를 사무실에서 서게 되어 있었다. 정보과이기 때문에 사무실에는 비밀창고가 있고 그 안에는 군사비밀 문건이 수백 건 있었다.

나는 사무실 문을 열고 들어가 낮에 비축하여 두었던 기름을 난로에 잔뜩 부었다. "난로에 기름을 직접 붓지 말라"고 한 안전 수칙 팻말이 난로 옆에 걸려 있었지만 '이 정도야 괜찮겠지'라는 생각에 망설임 없이 불을 피웠다. 처음에는 한기를 녹여주어 좋았다. 영하 10도 이하의 날씨에 사무실 내에서 불을 피우고 보초를 서고 있으니 천국이 따로 없었다.

난로가 점점 달아오르더니 얼마 후 난로 전체가 벌겋게 되고 연통도 벌겋게 달아올라 S자로 휘어지기 시작했다. 지금이야 신식건물이지만 당시 군 막사는 목조건물로 불만 닿으면 활활 탈 수밖에 없는 건물이었다. 엄청난 연기와 불기둥은 천정과 지붕을 뚫고 하늘로 맹렬히 솟구쳤다. 비밀문서를 보관하는 곳이기 때문에 소화기가 비치되어 있어 급히 소화기를 들이댔다.

그러나 이미 대세는 소화기로 불을 끌 단계를 지났고, 폭발을 당분간 지연시킬 뿐이었다. 처음부터 모래를 써야 했는데 미처 그 생각을 못한 것이다. 이제는 소화기를 놓는 순간 폭발해버릴 것이므로 소화기를 놓을 수도 없었다. 굴뚝 연통은 휘어져 건물에 곧 닿을 것 같았다. 휘지 않더라도 벌겋게 달아오른 연통의 열기 때문에 금방 지붕에 불이 옮겨붙을 태세였다.

부대는 강원도 백운산 자락 깊은 산골짜기에 있다. 소방서에 연락해보았자 전 연대 행정건물이 다 타버린 뒤에나 올 수 있는 위치였다. 비밀 문건 300여 건이 모두 불태워지고 정보과뿐만 아니고 옆에 딸린 행정과 사무실이 불타게 될 것이다. 바로 옆에 작전과와 군수과 건물이 화단 하나씩 사이에 두고 바짝 붙어 있었다.

이런 때를 두고 풍전등화, 일촉즉발의 순간이라고 해야 하나. 아무런 선택의 여지가 없었다. 1월의 강추위가 매섭게 몰아치고 있는 강원도 산골짜기 모든 병사는 쥐 죽은 듯 깊은 잠에 빠져 있는 밤 2시를 조금 넘은 시각이었다. 사위는 더할 나위 없이 적막하고 그토록 평화롭다. 이 순간 나는 앞으로 나에게 닥쳐올 운명의 무게에 돌부처가 되어가고 있었다. 나의 운명은 그렇다 치고 내 위의 모든 책임자들의 앞길에도 커다란 암운이 드리워지고 있었다.

하느님은 인간에게 왜 손을 두 개만 만들었을까? 모래가 바로 옆에 있었지만, 모래를 뿌릴 수 없었다. 하나만 더 손이 있다면 모래를 뿌릴 수 있을 터인데 소화기를 놓을 수가 없다. 몇 초만 지나면 폭파할 거고 나는 죽거나 화상을 크게 입을 것이다. 그리고 살아남는다면 영창을 가게 되고 말겠지. 순간이지만 오만 가지 생각이 머리를 스치고 지나갔다.

그러나 하느님은 나에게 인간을 만들 때 손을 두 개만 만든 이유를 얼마 지나지 않아 설명해주셨다. 우리 사무실로부터 200m쯤 떨어져 있는 정문 초소 보초가 교체된 병사와 잡담하며 잠깐 지체하다가 본부중대 막사로 돌아가는 중이었다. 그때 우리 사무실 건물 위로 불기둥이 치솟고 있어서 그냥 지나치려다 무언가 하고 궁금하여 사무실 문을 열고 들어왔단다.

하느님이 정문 보초를 잠깐 지체하게 하여 우리 사무실에 들르도록 하셨는지 그렇지 않으면 찾아온 보초 자신이 하느님 그분이신지 모를 일이었다. 그가 난로 뚜껑을 열고 옆에 있는 모래를 난로에 끼얹자 순식간에 불길이 잡히고 목전까지 다다랐던 어둠의 그림자는 자취를 감추었다. 만약 정문 보초가 1~2분만 늦게 도착했더라면 목조건물 천장에 불이 엉겨 붙었을 것이고 주변의 모든 행정건물은 잿더미가 되었을 것이다. 당연한 결과로 나는 새벽이 오기도 전에 영어의 신세가 되었을 것이고 그때의 기억들은 나에게 평생토록 긴 그림자로 남겨졌을 것이다. 그러나 살아계신 하느님, 하느님은 늘 나와 함께하셨다.

어둠이 짙게 깔린 이곳 산골 마을에 개울물은 언제나처럼 부대를 휘감고 흘러내렸고 태양은 그날도 여느 날과 다름없이 동녘에서 다시 떠오를 준비를 하고 있었다.

🦶 죽어도 죽지 않는 새(鳥)
쫄병 시절

장마철이다. 도로가 팬 곳에는 어김없이 더러운 물이 고여있다. 유격 조교의 눈에는 물만 보이나 보다. 또 '낮은 포복 실시'이다. 수십에서 수백 번 낮은 포복, 장애물 통과를 하고서야 간현리 유격장에 도착했다.

구령에 맞추어서 PT 체조에 들어갔다. 번호를 붙이란다. 그런데 마지막 번호는 묵음이다. 한 사람이라도 마지막에 소리 내어 번호를 붙이면 처음부터 다시 시작한다. 100명도 넘는데 반드시 한두 명은 구령을 붙이게 되어 있다. 어차피 지칠 때까지 시킬 작정일 텐데, 마지막 구령을 붙인 얼빠진 놈들 때문에 이 고생을 하고 있다고 원망이 드높다.

완전히 힘을 뺀 뒤 순서에 따라 훈련을 받았다. 물웅덩이 뛰어넘기, 계곡과 계곡 줄사다리 타기, 암벽 내려오기(레펠) 등등. 나를 지독히 힘들게 하던 훈련들이었는데 이제는 이름을 거의 다 잊어버렸다. 점심을 먹고 오후에는 산꼭대기로 향하였다. '수평 이동'을 할 차례이다. 이쪽 산에서 저쪽 산으로 이동하는 것이다. 눈 아래는 소양강이 휘돌아 흐른다. 산과 산 사이에는 굵은 쇠줄이 있고 도르래를 잡고 순식간에 이동하는 훈련이다. 매우 위험하여서 조교가 설명을 열심히 했다. 그러나 나는 설명을 대충 듣는 습관이 있다. 수업 시간도 마찬가지이다. 내가 자습해서 지식을 습득하였지, 선생님이 설명하실 때는 잘 이해하지 못했다.

드디어 열을 선 순서대로 수평 이동 훈련을 하게 된 순간, 그 아찔한 위험 앞에 무서워서 못 타겠다고 버티는 친구들이 꽤 많았다. 우리 부대에서 나와 같이 온 병장은 아예 포기하고 계속 두들겨 맞았다. 나는 맞는 것이 두려워 냉큼 출발대에 섰다.

이동 속도가 워낙 빨라서 반대편에서 빨간 깃발로 신호를 주면 속도를 반드시 제어하여야 했다. 그 한 가지만 생각하면서 출발했다. 드디어 깃발이 내려가는 순간 나는 와이어를 꼭 잡았다. 그런데 잡자마자 돌발 상황이 발생했다. 내 몸이 엄청난 속도로 와이어 주위를 돌고 있었다. 분명히 와이어를 잡으라고 했는데 내 몸이 하늘로 솟구쳤다 다시 떨어지기를 반복하고 있는 것이었다. 몸이 쇠줄에 닿기만 하면 내 몸은 찢기어 완전히 떨어져 나가는 순간이었다.

무엇이 잘못되었을까? 잡는 것까지는 맞지만 살짝 잡았어야 하는 모양이다. 공중에서 몇 바퀴를 돌고 난 후 반대편 산에 도착했다. 다행히 팔다리를 세어보니 네 개가 온전히 붙어 있었다. 그러나 턱이 와이어에 쓸려 피가 나고 있었다. 0.001cm만 더 들어갔으면 목이 날아갔을 것이다. 오랫동안 얼굴의 상처는 죽음의 문턱에서 탈출한 흔적으로 남아 있었다. 그날 훈련은 돌발사태 발생으로 무조건 종료되었고 나는 벌을 서야 했다.

둘째 날이다. 오전 내내 PT 체조를 했다. 몇 가지 훈련도 겸했다. 드디어 오후에는 또 산꼭대기로 올라갔다. 반대편 얼마 되지 않는 거리에 모래사장에서는 젊은 청춘들이 울긋불긋 텐트를 치고 강수욕을 하고 있었다. 생사의 갈림길에서 훈련하고 있는데 비키니 차림이라니 같은 하늘 아래인데 천국은 저만치에 있었다.

드디어 가장 위험한 하강 훈련이 시작되었다. 산 정상에서 강으로 떨어지는 훈련이다. 안전장치가 없으므로 도르래를 놓는 순간 강으로 떨어져 죽는다.

"애인 있습니까?"

"없습니다."

"어머니라도 부르시오."

나는 이 순간에도 어머니밖에 부를 수 없었다.

"어-머-니-!"

여기서는 반대로 빨간 깃발이 내려가면 도르래에서 손을 놓아야 한다. 반드시 엉덩이로 떨어져야지, 앞으로 떨어지면 매우 위험하다고 했다. 앞으로 떨어지면 눈알이 튀어나오거나 배가 갈라질 거라고 엄포를 놓았다. 신호가 오면 엉덩이를 올리고 손을 놓아야 하는데 나는 엉덩이를 올리느라 0.001초 늦게 손을 놓았다. 커다란 쇠말뚝 1m 앞에 떨어졌다. 나는 아주 멋있게 떨어졌다고 생각했는데, 조교 녀석은 완전히 지옥에서 온 악마의 모습이 되어 내게 다가온다. 오늘도 나 때문에 모든 훈련은 당연히 일찍 종료되었다. 바람만 조금 강하게 불었어도 나는 말 그대로 박살이 났을 것이다.

나는 죽어도 죽지 않는 새이다. 내 뒤에 있는 친구들은 오늘도 하강을 해보지 못한 채 훈련은 끝이 났다. 다시 한번 하강에 도전하고 싶다. 50여 년 전 젊은 남녀들이 울긋불긋 텐트를 치고 강수욕을 하던 그 장소에서 죽어도 죽지 않는 새이고 싶다. 이번에는 나를 지켜줄 나의 사랑하는 아내의 이름을 부르리라.

👣 내가 겪은 6.25

일곱 살의 손자가 이탈리아 밀라노에 있다가 코로나 때문에 전세기를 타고 귀국했다. 무엇 때문에 갑자기 마스크를 쓰고 탈출을 하여 우리나라에 왔는지 전혀 모르는 것 같다. 자가 격리를 위해 평창에 있는 호텔로 가게 되었다. 이탈리아는 코로나 상황이 훨씬 심각하여 비좁은 방에서 한 달이 넘도록 갇혀 지내다가 널따란 호텔 방을 보자 2주간 떨어져 지내야 할 엄마와 누이와는 인사도 잊은 채 여행 온 것처럼 신나했다고 한다. 도대체 이 녀석은 일곱 살의 나이에 작금의 상황을 어느 정도나 이해하고 있을까 모르겠다. 바로 옆방에 누나와 엄마가 있어도 만나지 못하고 격리되어 있는 현실만이 조금 괴로웠을 따름이었을 것이다.

6.25가 발발하고 전쟁이 한창이었을 무렵, 나 역시 일곱 살이었다. 지금 70대 중반의 나이에 그때를 돌이켜보니 신기하게도 뚜렷한 기억들이 많다. 나의 기억은 피난을 가는 날 아침부터 시

작된다. 우리 집 뒤편에 사는 아저씨가 우리의 피난길을 도우러 오셨다. 집 뒤 텃밭을 파고 몇 가지 물건을 묻고 나서 가지고 갈 물건들은 지게에 실었다. 어머니는 누이동생을 업고, 나와 아저씨 이렇게 네 명이 피난길을 떠났다. 아버지와 다른 형들은 이미 피난을 떠나 있었다. 지금도 기억나는 것은 그때 내가 입었던 옷은 하얀 무명 두루마기였다. 지금 손자 녀석의 나이에 4km가 훨씬 넘는 길을 삶은 계란 꾸러미까지 들고 걸어서 갔다. 마을 어귀를 막 돌아서 지달재를 향해서 걸어가고 있는 나의 모습이 지금도 눈에 선하다.

우리가 거처하게 된 집은 아버지 친구 집으로 큰 기와집이었다. 대문을 들어서면 왼편으로 큰 창고가 있고 그 앞에 수도 펌프가 있는 우물이 있었다. 본채는 동향집이었는데 우리 식구들은 안방을 사용하였고 옆으로 달린 방은 나보다 조금 더 나이가 든 여자아이와 할아버지, 할머니가 살았다. 전쟁통에 특별한 먹거리라도 생기면 서로 나누어 먹던 기억도 있다.

집 밖을 조금만 나서면 넓은 신작로가 있었는데 그 당시 신작로는 엄청 넓어 보였다. 차도 다니지 않기 때문에 동네 아이들이 모두 나와 놀았다. 그때 우리가 주로 놀던 것은 탄피치기였다. 어디서 주워 왔는지 빛이 반짝반짝 나는 탄피들이었다. 바로 우리가 사는 주변에서 전투가 벌어지고 있다는 증거였다. 가끔은 우리 머리 위로 비행기가 지나가기도 했다. 미국의 전략폭격기였던 B29라고들 했다.

하룻밤 자고 나면 어느 동네가 전부 불에 다 타버렸다고 하고 누구는 처참하게 죽었다고 했다. 인민군 활동을 하던 큰 누나 친구의 죽음과 우리 국민학교가 있는 마을에서 일어난 인민군들의 만행은 인간의 모습이 아니었다. 그 당시 어른들이 하던 이야기를 지금도 잊지 못한다. 킬링필드는 캄보디아에만 있는 것이 아니고 이곳에도 있었다.

하루는 아침을 먹고 사람들과 함께 경찰서가 있는 곳으로 갔다. 우리 면 주변에서 가장 우두머리 좌익분자 ○○○이 전날 밤에 마을 이발소에서 이발했는데 누군가가 경찰에 신고해서 경찰이 급습하여 그의 동료 한 명과 그를 함께 체포했다는 것이다. 당시 면 단위 서장도 즉결 처분권이 있었던 시절이었기에 사람들과 함께 아무것도 모른 채 나도 처결한 현장을 보러 갔다. 어떠한 광경이 펼쳐져 있었는지 보지 않은 사람들은 도저히 상상할 수 없을 것이다. 겨우 일곱 살이었던 나는 그것을 또렷이 목격했으나 도저히 여기에 기록할 수가 없다.

지금 다시 생각하니 너무 끔찍한 생각이 들기 때문이다. 형들의 손을 잡고 신작로를 따라 경찰서로 가던 모습이 영화의 한 컷처럼 스쳐 지나간다. 정작 그 당시 나는 어떠한 충격을 받았을까 싶지만, 그것은 절대 아니었다. 처참한 현장을 목격한 이후 내가 밥을 먹지 못했다거나 잠을 이루지 못한 기억이 없다. 오히려 배가 고팠다. 나에게는 분명 하나의 사실이었지만 느낌이 빠진 채 펼쳐진 하나의 그림일 뿐이었다. 두려움은 어른들의 몫이었다.

점차 인민군의 세력이 약해져 피난살이를 접고 다시 우리 집으로 돌아올 수 있었다. 아직은 위험이 도사리고 있었기에 나와 남자 형제들은 밤에는 다른 친척 집에 맡겨졌다. 집에는 여동생과 어머니만 있었다. 아버지가 면사무소에 다니셨기에 우리 집은 소위 말하는 반동분자 집안이었다. 하루는 마을 인민반장을 하는 친척 아저씨가 빨리 몸을 피하라는 소식을 전해주어 어머니는 동생을 치마폭에 싸 안고 집 뒤의 언덕을 기어올라 울타리를 넘었다. 넘자마자 인민군들이 들이닥쳤다. 만약 어린애가 울었더라면 큰 변을 당했을 것이다. 어쩌다 집에 들르시는 아버지는 저녁이 되면 우리 마을 공동묘지에 간단한 이부자리를 가지고 가셨다.

어른들은 아직도 긴박한 대치 국면의 생활을 하고 있었다. 낮에는 대한민국이고 밤에는 인민공화국이던 시절이었다. 정확히 영화 제목이 생각이 나지 않지만, 지리산 자락 어느 주막집 아주머니는 낮에는 태극기를 집 기둥에 달아놓고 밤에는 인공기로 바꾸어놓기를 반복했다. 우리 마을에서는 그렇게까지는 안 했지만, 인민군 편에 선 사람이 있고 대한민국 편에 선 사람이 있었다. 이들이 서로 도와서 우리 마을에서는 한 사람을 제외하고는 희생자가 없었다. 정부군도 우리 아저씨들이고, 인민군도 우리 아저씨들이었다.

우리 큰 집에서 머슴살이했던 ○○○만 예외였다. 그는 왼팔에 완장을 차고 오늘도 위세가 당당하다. 체격이 엄청나게 크고 우락부락해서 사람들에게 더 위협감을 주었다. 인민교육을 받으러 오지 않는 우리 어머니를 닦달하기 위해 우리 집 고추밭까지 와서 소리소리 질러댔다. 얼마 전까지만 해도 하대를 받던 녀석이었는데 세상이 뒤집힌 것이다. 그의 손에 쥐어진 작은 권력은 어디로 향할지 모른 채 잔인한 도끼가 되어 있었다.

지금 생각해보면 잘 이해가 가지 않지만 치열하게 전투가 벌어지고 있는 와중에 나는 국민학교에 입학을 했다. 먹을 것이 없어 배가 고팠을 따름이지, 정작 전쟁의 공포는 어린 우리에게는 없었던 것 같다. 53년도 입학을 하고도 전쟁은 계속되었지만 적어도 내가 느끼는 일상생활은 변함이 없었다.

그러던 53년 6월 19일 아침, 잠에서 깨어나자 밖에서 조그마한 소란이 있었다. 건장하게 생긴 인민군들이 우리 마을에 들이닥친 것이다. 광주에 있는 포로수용소에서 탈출했다고 했다. 100리 밖으로 도망치라고 해서 우리 동네까지 왔단다. 100리 밖이 우리 마을이었나 보다. 전날 비까지 와서 황룡강물이 불어났는데도 필사적으로 헤엄쳐 건너왔다고 했다. 이 사건이 그 유명한 이승만의 포로 석방이다. 동네에서는 탈출한 포로들에게 밥을 주었다. 이후 몇 사람은 우리 주변 마을에서 머물렀고 결혼까지 하여 정착했다. 포로 석방이 있고 한 달 뒤 휴전협정이 있었다. 그러나 겨우 국민학교 1학년인 나에게는 오늘도 어제나 마찬가지인 그런 평범한 날이었다.

얼마 뒤 나도 휴전을 알게 된 사건이 있었다. 학교가 끝나고 집에 돌아오면 친구들과 이웃집 담벼락 양지바른 곳에 모여서 놀았다. 구슬치기, 딱지치기, 자치기를 주로 하며 놀았다. 반드시 빠지지 않는 것은 노래 부르기였는데 얼마나 많이 불렀던지 지금도 그 노래의 가사가 또렷이 기억난다. 「장백산 줄기줄기 피어린 자국, 압록강 줄기줄기 피어린 자국」 그날도 열심히 이 노래를 부르고 있는데 순사가 달려오더니 모두 잡아가겠다고 엄포를 놓았다. 우리는 모두 줄행랑을 쳤고 다시는 이 노래를 부르지 못했다. 이로써 휴전협정이 이루어졌다는 사실을 피부로 느끼게 되었다.

휴전이 선언되고 군에 갔던 아저씨들이 하나둘씩 고향으로 돌아왔다. 가족들은 물론 이웃까지도 서로들 얼싸안고 울었다. 살아서 돌아왔다는 안도감에서 오는 기쁨의 눈물이었다. 너도나도 덩실덩실 춤을 추었다. 그러나 우리 부모님은 날이 갈수록 점점 얼굴이 어두워만 갔고, 밖으로 흘러내리지 못한 눈물은 아버지, 어머니의 가슴 속에서 강물이 되었다.

그러던 어느 캄캄한 야밤. 가족들은 기름접시에 심지를 만들고 불을 밝혔다. 보자기를 씌운 뒤 세상의 때가 묻지 않은 어린애가 그 불을 바라보면 억울하게 죽은 영혼을 볼 수 있다고 했다. 하필이면 그것을 해야 하는 어린애가 나였다. 둘러 처진 포대 안에서 나는 필사적으로 영혼과 접촉을 시도했다. 그러나 아무리 뚫어지게 불을 바라보았지만, 아무것도 볼 수 없었다.

그때나 지금이나 나는 거짓말을 하지 못했다. 옆에서 초조하게 기다리던 누나는 모든 것이 한없이 내려앉는 것 같았을 것이다. 오늘도 내일도 6.25 전투에 참여했던 매형은 돌아오지 않았다.

6.25로 드리워진 그림자는 우리 가정에 깊게 그리고 영원히 지워지지 않는 아픔의 생채기로 남게 되었다.

나의 가장 어린 기억 속에서 6.25 전쟁은 끝났지만 더 지독한 가난과의 전쟁이 시작되었다. 지금 일곱 살의 손자는 얼마나 현재 상황을 이해하고 있을는지 모르겠다.

🦶 새벽은 짙은 어둠을 지나서 온다

1945년 8월 15일. 우리나라가 해방된 날이다. 그래서 45년생을 해방둥이라고 한다. 나는 해방둥이는 아니지만 1년 뒤에 태어났으니 해방둥이나 마찬가지이다. 일제의 36년간 수탈도 부족해서 1950년 6월 25일 한국전쟁이 발발했다. 3년간에 걸친 지루한 전쟁으로 조국의 산하는 벌거숭이가 되었다. 온통 산허리가 들여다보이는 민둥산이다. 지금부터 이야기는 정전협정이 맺어진 직후 3~4년간의 이야기이다.

온 천지 어디에도 먹을 것이 없었다. 겨울이 지나고 봄이 오면 그동안 버티어 온 곡식은 바닥이 나버리고 춘궁기에 접어든다. 이제부터는 초근목피에 의지할 수밖에 없다. 초근의 대표적인 것은 칡이지만 무한정 칡만 먹을 수 있는 것도 아니고 우리는 잔디 뿌리도 씹어 먹었다. 꽤 달착지근하다. 목피는 소나무 껍질을 벗기고 난 엷은 층을 벗겨 먹었다. 학교가 끝난 후에는 수확하고 난 후 혹시 남겨졌을 뿌리를 찾아 논과 밭을 뒤졌다.

난민 지역은 어디를 불문하고 환경이 최악이다. 6.25로 짓밟힌 우리 생활 주변도 처참하기 짝이 없었다. 불결한 우리 주변에는 쥐와 이가 들끓었고 우리 몸에는 기생충이 가득하였으며 폐결핵 환자가 부지기수였다.

'쥐'는 집안뿐만 아니라 들녘에도 산에도 항상 떼지어 있었다. 저녁이 되면 시골집 천정은 쥐들의 운동장이 된다. 밤새도록 달리고 또 달렸다. 방 윗목에 그나마 아껴놓은 고구마를 쥐들과 반분했다. 쥐들이 갉아 먹고 난 고구마를 버릴 우리 어머니는 결코 아니었다. 먹어서 죽거나 굶어서 죽거나 마찬가지이다. 차라리 먹고 죽는 편이 낫다. 어쩔 수 없이 쥐와 반분하면서 살았다.

드디어 정부에서 쥐 잡는 날이 선포되었다. 쥐약을 살 돈이 없어 쥐덫을 사기도 하고 사제로 만들기도 하였다. 국민학생인 우리에게 쥐꼬리를 잘라서 갖고 오라는 과제가 떨어졌다. 지금이라면 학부모들의 공분을 살 일이다. 문교부 지시인지 군장학사 지시인지 어린아이였던 나는 잘 모른다. 여하튼 할당된 열 마리를 채우기 위해 이 구석 저 구석을 헤맸다. 쥐꼬리를 지푸라기로 엮어서 학교로 가져갔다.

'이'는 쥐와 더불어 빈민가의 어디에나 있는 것이었다. 학교에서 공부하고 있을 때 커다란 이가 옷 위를 걸어 다녔다. 그나마 머리는 박박 깎았으니 다행이었다. 어머니는 밤이면 종종 이를 잡아 주셨다. '이'하면 빼놓을 수 없는 것이 D.D.T.이다. 이가 하도 많았기 때문에 D.D.T. 백색 가루를 옷에다 뿌리고 심지어 몸에 발랐다. D.D.T.는 타이옥신처럼 몸속에 축적되어 내분비계 이상을 일으키는 환경호르몬의 하나로 강력한 살충제이다. 70년대 이후 사용이 중지된 제품이지만 그 시대를 살아온 우리에게는 매우 친숙했던 이름이다.

'회충'은 화학비료가 부족한 시절 우리 몸속에 엄청난 양으로 자리했다. 농사는 유기질 퇴비를 확보하여 지어야 하지만 당시 값비싼 비료를 확보한다는 것은 매우 어려운 일이어서 인분을 대신 사용했다. 밭에다 인분을 죽죽 뿌리고 우리는 배추도 심고 무도 심었다. 그렇게 자란 무도 먹고 배추도 먹었다.

어느 날 학교에서 회충약 '산토닌'을 나누어 주었다. 이 약을 먹으면 회충이 본래 모습 그대로 항문을 통해서 나온다. 당연히 몇 마리가 나왔는지 한 마리, 한 마리 세어서 학교에 보고하도록 하는 게 그 시절의 사고방식이었다. 그 어린애가 막대기로 똥을 헤집고 수를 세었다. 20여 마리 이상은 평균 수준이고 100마리 이상 나온 애들이 많았다. 항의하는 학부모는 하나도 없었다.

'결핵'으로도 당시 많은 이들이 죽어갔고 고통을 받았다. 그 시절 모르면 간첩이라고 할 정도로 한 시대를 풍미했던 「부용산」이라는 노래가 있는데, 어느 한 중학교 교사가 폐결핵으로 피어나지 못한 채 유명을 달리한 제자를 산에 묻고 그 슬픔을 달래며 만든 노래이다. 그렇게 결핵이 심각하게 유행할 때쯤, 우리 학교에 지프차 한 대가 들어오고 하얀 간호복을 입은 간호사가 내렸다. 전교생이 운동장에 모이고 우리는 투베르쿨린 반응 주사를 맞았다. 간호사가 주사를 놓는 것이 아니고 각 반 선생님들이 주사를 놓았다. 500명이 넘는 학생을 간호사 한 사람이 놓을 수 없기 때문이다. 주사기는 한 반에 하나씩이고 그나마 알코올 솜이라도 있어다행이었다. 주사를 놓은 주사기는 솜으로 한 번 닦으면 그만이었다. 반응 주사 결과에 따라 음성인 사람은 BCG 접종 주사를 맞았다.

이 무렵 이상한 병이 또 있었다. 소위 말하는 한센병, 즉 나병이다. 세계적으로 관심을 가졌으나 지금까지도 그 원인을 알지 못한다. 빈곤과도 관계가 없는 병이다. 그 시절에 많이 나타났고 그이후는 거의 나타나지 않고 있어 얼마 지나면 소록도에서조차 나병 환자는 사라지게 될 것이다. 나는 국민학교 시절 나병 환자들을 무수히 만났다. 어린애를 잡아간다는 소문까지 있어 학교를 오가며 우리는 한동네 아이들이 무리를 지어 다녔다. 수용되기 이전 나병 환자들은 혼자서 다니기도 하지만 떼를 지어 다닐 때가 많았다.

국민학교 2학년 때 나의 짝꿍은 3학년에 올라온 뒤 학교에 나오지 않았다. 그러던 중 어느 날 그 애가 나병에 걸렸다는 소문이 돌았다. 얼마 지나지 않아 하굣길에 그 아이를 만났다. 왜 그날 나는 평상시와 달리 혼자 집에 오고 있었는지 모른다. 그 아이를 보는 순간 나는 긴장해버리고 말았다. 그 애는 나에게 무어라고 말을 하려고 했다. 그러나 나는 가급적 멀리 떨어져 도망치듯 와버렸다.

그 일이 있고서 얼마 되지 않아 그 아이는 소록도로 갔다고 전해 들었다. 왜 나는 따뜻한 말 한마디를 그 애에게 건네지 못했을까? 지금까지도 그때 나의 행동을 두고두고 후회한다. 먼먼 전라도 길 가며 그 아이는 나를 얼마나 원망했을까.

전라도 길 – 소록도 가는 길

한 하 운

가도 가도 붉은 황톳길
숨 막히는 더위뿐이더라.

낯선 친구 만나면
우리들 문둥이끼리 반갑다.

천안 삼거리를 지나도
수세미 같은 해는 서산에 남는데

가도 가도 붉은 황톳길
숨 막히는 더위 속으로 쩔름거리며
가는 길

신을 벗으면
버드나무 밑에서 지까다비를 벗으면

발가락이 또 한 개 없다.

앞으로 남은 두 개의 발가락이 잘릴 때까지
가도 가도 천리, 먼 전라도 길

6.25 전쟁이 할퀴어버린 우리나라에 드디어 UN으로부터 긴급 구호물자가 도착했다. 요즘 아프리카 난민들이 구호물자를 지원 받는 모습을 보면 그때의 우리 모습이 떠오른다. 나는 구호물품으로 우유와 옥수수빵을 받았는데 우유는 가축용이라고 했다. 처음 우유를 먹어보았기 때문에 도무지 비위에 맞지 않았다. 그 당시 우리의 열악한 경제 사정을 엿볼 수 있는 애잔한 모습이다.

정전협정이 맺어진 다음 해인 1954년 5월 20일에 제3대 대한 민국 국회의원 선거가 실시되었다. 이승만은 자유당을 만들고 처음으로 후보자를 당 이름으로 추천했다. 선거가 어떻게 치러졌으리라 짐작하는 것은 어렵지 않을 것이다. 선거 전날 온 동네에 고무신이 뿌려졌다. 다음 날 아침 뻔한 선거가 치러지고 야당 참관인 아저씨는 아침부터 술독에 빠져 비몽사몽 헤맸다. 고무신짝을 받은 유권자들은 자기에게 주어진 귀중한 한 표를 망설임 없이 던졌다. 우리 학교에서도 투표가 이루어졌는데 기표가 이루어진 곳 바로 위 천정에는 투표자들을 감시하기 위한 구멍이 뚫려 있었다. 미처 뚫린 구멍을 막을 생각을 하지 않았나 보다. 그렇게 하여도 아무 탈이 없었다. 아직 새벽이 오기에는 너무 이른 시간이었기 때문이다.

　질서가 잡히기에는 아직 일렀던 것일까? 수많은 비위가 이곳저곳에서 이루어지고 있었다. 앞서 언급한 「부용산」 노래도 엄청난 수난을 당했다. 이 노래를 한번 들으면 누구나 숙연해지는데 상엿소리를 담아 작곡하였다. 목포의 한 여중학교에서 시작한 노래가 전라도를 중심으로 불리다 전국으로 퍼졌다. 하필이면 빨치산의 노래가 되었다. 그 이후에는 운동권에서 애창되었다. 당시 정치는 이를 가만히 두고만 볼 수준이 아니었다. 작사가는 온갖 핍박을 받아 이 나라를 떠나야 했고 노래는 반세기 동안 금지곡이 되었다. 얼마나 더 이런 유치한 정치가 계속될 것인가.

부 용 산

박 기 동

부용산 오리길에
잔디만 푸르러 푸르러

솔밭 사이사이로
회오리 바람타고
간다는 말 한 마디 없이
너만 가고 말았구나.

피어나지 못 한 채
병든 장미는 시들어 가고
부용산 봉우리에
하늘만 푸르러 푸르러

3월이 되면 우리 고사리손들은 생일 축하 편지를 써야 했다. 편지라는 것을 처음 써보았다. 덕분에 보내는 사람, 받는 사람을 편지 봉투 어디에 써야 하는지를 국민학교 때부터 철저하게 배웠다. 그러나 내용을 어떻게 쓰라고 가르쳐줄 선생은 아무도 없었다. 우선 귀하라고 써야 한다고는 배웠다. 그래서 이승만 대통령 각하 귀하라고 적었다. 써놓고 보니 아무래도 무언가 부족한 것 같아 대통령 각하 선생님 귀하라고 적었다. 내용은 생신을 진심으로 축하드리며 오래오래 사시고 건강하시라고 썼다. 그리고 우리나라 국민을 잘 보살펴달라고 했다. 프란체스카 할머니도 오래오래 사시라고 잊지 않고 썼다.

전국 각지에서 올라온 편지를 청와대에서는 어떻게 처리했을지 지금도 궁금하다. 나의 간절한 소원을 들어주기 위해 늙은 할아버지는 종신 대통령의 꿈을 꾸지 않을 수 없었다.

아직 새벽이 오는 기미는 어디에도 보이지를 않는다. 얼마나 더 많은 피를 뿌려야 여명의 아침이 오려는지.

🦶 고려 인삼(人蔘)과 함께한 추억

　시골에서 한약방을 하시던 우리 아버지의 바람이 조금이라도 하늘에 다다랐는지 나는 인삼 분야에서 일하게 되었고, 나의 직장 생활에서 가장 보람되었노라고 생각되는 순간이 바로 인삼과 함께한 시간이다.

　인삼의 생육 과정을 보면 1년생은 줄기가 하나 나오는데, 매년 하나씩 증가해서 6년이 되면 6매가 나오고 그 이후에는 그대로 6매가 유지된다. 때문에 6년이 되면 성장이 완성된다고 해서 6년 근을 수확하고 있으며, 6년 근이 가장 최고의 품질로 평가받고 있다.

- 인삼의 생육 과정 -

| 1년근 | 2년근 | 3년근 | 4년근 | 5년근 | 6년근 |

인삼은 위도상 우리나라와 같은 곳인 미국, 캐나다, 중국 등 5~6개국에서만 생산되는데, 품질에서는 비교 자체가 무리일 정도로 우리 고려인삼의 품질이 탁월하여 세계가 인정하고 있다.

이집트 출장 중 카이로 공항 입국심사를 마치고 나오던 찰나 내 뒤편에서 우리 회사 직원의 급한 소리가 들렸다. 캔에 들어 있는 인삼이 사제 폭탄으로 오인되어 통과를 못 하고 있었다. 실랑이 끝에 책임자급을 만나서 서투른 영어로 'Korean Ginseng'임을 설명했더니 "비아그라!" 하면서 엄지손가락을 치켜들음과 동시에 통과할 수 있었다.

말레이시아 출장을 갔을 때는 마하티르 모하마드(Mahathir Mohamad) 총리 재임 시절이었다. '마하티르 수상을 모르면 아시아의 절반 이상을 외면하는 것'이라는 평을 듣는 그는 진정 국민으로부터 추앙받는 말레이시아의 국부이다. 이분이 원인불명의 병으로 시한부 선고를 받고 미국까지 건너가 치료를 받았으나 효과가 없자 절망의 순간에 우리나라 홍삼을 먹고 기적같이 낫게 되었다고, 안내하던 가이드가 들려주었다.

이후 총리는 말레이시아에 돌아와서 한국의 인삼과 같은 우수한 효능을 가진 식물을 말레이시아에서도 발견하여야겠다고 마음을 먹었단다. 그답게 강력히 발굴 작업을 추진하였으며, 그 결과 우리나라 인삼처럼 소개되고 있는 '통캇알리(Tongkat Ali)'라는 식물이 등장하게 되고 우리나라에도 많이 소개되었던 걸로 알고 있다. 이제 동남아뿐만 아니라 세계 각지에서 'Korean Ginseng'을 모르지 않는다.

이러한 인삼 사업 성장과 발전의 과정에서 직원들과 한마음으로 열심히 일했던 기억은 지금도 나를 미소 짓게 한다. 당시 KT&G는 담배와 인삼 사업을 하고 있었으며 나는 주로 담배 분야 일을 하였다. 그러던 중 인삼 분야 일을 해보지 않겠느냐고 의사 타진이 왔고 평소 하고 싶은 마음이 컸기에 기꺼이 하겠다고 하였다.

당시 우리나라 정관장 홍삼 전량을 제조하는 제조창이 부여에 있었다. 부여라고 하면 중고등학교 시절 수학여행 한번 다녀올 법하지만, 어렵사리 학교를 겨우 다니던 나로서는 언감생심이었다. 백마강 달밤에 물새가 우는 부여. 삼천 궁녀가 고란사에서 꽃이 되어 떨어지는 모습은 내 가슴에 그려진 한 폭의 그림이다. 설렘을 안고 고려인삼창 창장으로 부임해 200여 명의 직원과 계절 노무원 500여 명과 아름다운·동행을 시작하였다.

회사 각 부서로부터 업무 보고를 받고, 하나하나 업무를 파악해 나갔다. 여러 가지 현안들이 보고되었다. 나는 그중에서도 최우선으로 열악한 작업 환경과 침체된 직장 분위기부터 개선해야겠다고 생각했다.

회사 정문을 들어서면 사무실로 가는 도로 주변에 넓은 잔디 운동장이 있었다. 새싹이 돋아나는 봄날, 긴 통로 주변에 형형색

색의 꽃을 심고, 힘차게 하늘로 물을 뿜어대는 분수대를 설치했다. 당시 유행하던 김수희의 「애모」를 출근 시간 시그널뮤직으로 선정하여 확성기를 통해 울려 퍼지게 하였다. 이것이 1999년의 어느 날 아침 인삼창의 출근 모습이다. 직원들의 발걸음이 달라졌다.

열악한 환경 개선을 위해서는 화장실, 목욕시설, 휴게공간, 편의시설 등을 증설 및 개선하여 직원들이 휴식 시간에 편하게 이용할 수 있도록 하였다. 당연한 것이었지만, 직원들은 당연한 것에 감사해하였다. 고가제품을 생산 관리하는 공장으로써 어느 정도 철저하고 엄격한 분위기 조성도 필요했다. 모든 외곽 경비를 보안 전문업체가 전담함으로써 철저한 보안 체계를 확립하였다.

직원들이 다가왔다. 과자 한 봉지를 나에게 내민다. 삶은 옥수수 하나를 놓고 간다. 멀리서도 손 인사를 했다. 그동안 수동적으로 움직이던 직원들이 자기 나름대로 가지고 있던 아이디어를 모두 쏟아내기 시작했다. 수많은 개선책이 채택되고 상상을 초월한 품질 향상과 원가 절감이 이루어지게 되었다. 이러한 결과를 토대로 인삼공사 본사에서는 제안상 심의위원회를 개최하였으며, 인삼창을 포상하기로 결정이 났다. 우리 인삼창 전 직원들에게 제주도 여행을 갈 수 있도록 조치하였으며, 다른 부상도 수여키로 하였다.

제주도로 떠나던 날, 부여는 축제 분위기였다. 2000년 이전의 일이니까 우리 직원 중에 비행기를 타본 사람이 극히 드물었다.

200여 명이 한 비행기에 탑승했으니 완전히 전세 비행기나 다름없었다. 비행기가 안정권에 들자 기장이 '한국인삼공사 직원들의 탑승을 환영한다'라고 인사말을 하였다. 자랑스러운 우리 백제의 후예들은 지금 몸도 마음도 하늘에 떠 있다. 그러나 이륙하고 흥분도 채 가라앉기 전 제주도에 근접했는데, 갑작스러운 기상악화로 심한 흔들림과 엄청난 급강하가 발생하였다. 그 뒤 예정된 비행기들은 비행 취소가 취해질 정도로 매우 좋지 않은 상황이었다. 그러나 직원들은 마냥 즐거워하였으며 비행기가 착륙할 때 의례 발생하는 현상 정도로 생각했단다. 그때 잘못되었다면 지금 나는 이렇게 아름다운 꿈을 꾸고 있을까.

그곳에서 퇴직하고 몇 년이 흐른 뒤 내가 다니던 회사 이사님들과 부여를 방문한 적이 있었다. 제품을 최종 생산하는 곳은 무균실이라서 외부인이 들어갈 수 없는 곳이다. 우리는 직원들의 모습을 유리 창문을 통해서만 볼 수 있다. 하얀 위생복에 살짝 드러난 우윳빛 얼굴, 그리운 얼굴들이었다. 나는 유리창에 손을 살며시 가져다 대었다. 그러자 그녀들이 하나하나 다가와 나의 손이 있는 저편의 유리에 손을 올려 high-five를 하고 갔다. 옆에 동행했던 분들이 이 모습을 말없이 미소 지으며 바라보았다.

나는 지금도 가끔 멀리 떨어져 있는 부여를 떠올리곤 한다. 아무도 그때 우리가 고려인삼 발전을 위해서 쏟아부었던 열정과 그 결과를 기억하지 않더라도 그들과 가졌던 따뜻한 교감은 아직도 나의 마음에 남아 있다. 체육대회 날 나를 업고 운동장을 힘차게 달렸던 옥이, 퇴직 후까지도 안부를 전해주었던 많은 직원들, 나를 감동하게 했던 그들의 감사 편지. 정말 행복했다고 말할 수 있다.

창장님께

안녕하세요. 망설이다 미루다가 이 해도 그냥 아무 말씀도 드리지 못하고 보낼 것 같기에 용기를 내어 펜을 들었습니다. 지난날 창장님의 크고 작은 배려가 우리 모두에게 많은 용기를 주셨는데 감사하다는 한마디 인사도 드리지 못하고 많은 시간 다 보내고 한해의 끝자락에서 인사드림을 대단히 죄송하게 생각합니다. 우리는 언제나 작고 힘없는 자들이었기에 산자락 아래 미처 녹지 못한 눈처럼 시린 가슴으로 서글프게 살아가며 하늘 향해 영가를 불러야 했습니다.

그러던 어느 날 하얀 머리에 밀짚모자 쓰시고 우리에게 다가오신 창장님 그분은 분명히 하나님이 우리에게 보내주신 따뜻한 햇살이었고 훈풍이었습니다. 차별 없이 탈의장 깨끗하고 넓게 고쳐 주시고 오랫동안 창 안에서 궂은일 마다하지 않고 천직인 양 수고하신 아주머니들 스쳐 지나지 않으시고, 당연하다 아니 하시고 가슴속에 흐르는 눈물을 보시고, 쉼터에서 현장에서 같이 생활하게 하신 배려가 참으로 따뜻했습니다.

그리고 잊지 못할 아름다운 추억은 수안보, 횡성, 제주도 등 전에는 생각지도 못하였던 일들을 마련해 놓으시고 따라오라 하였지요. 맨발이라도 따라야 할 판에 신기시고 입히시고 쓰게 하셔서 앞장서시니 어찌 따르지 않겠습니까. 어찌 즐겁지 않겠습니까. 영화 「아름다운 비행」을 연상케 하였지요. 그런데 또다시 귀한 자리 마련해주시고 우리의 잔에 사랑의 술을 따르시니 그것은 은혜의 잔이었고 감사의 잔이었음을 느낄 수 있었습니다.

창장님, 정말 고맙습니다. 우리의 생활이 조금은 힘들고 어려울지라도 찬 서리 내리지 않고 삭풍이 불지 않는 한 힘을 다하여 열심히 살아가겠습니다. 창장님 언제나 우리 곁에 계셔서 지켜봐주시길 바란다면 욕심이 과하다 하실런지요. 이제 눈 녹은 산자락 아래에도 꽃을 피어야겠지요. 척박한 땅에서도 피어나는 민들레, 씀바귀, 반지꽃 등 우리 모두 야생화처럼 피어나서 향기 날리는 날, 바라보시고 기뻐해주시고, 기도 많이 해주시기를 바랍니다.

끝으로 두서없는 글 감히 창장님께 올리게 됨을 죄송하게 생각합니다. 새해에는 올해보다 더 많은 사랑의 손길 나누시어 오병이어의 역사를 이루시고 유대 땅 베들레헴 말구유에 오신 주님, 임오년 새해에는 창장님 댁에도 오셔서 평안과 은혜가 넘치도록 기도하며 주님 사랑 안에서 건강하시기 바랍니다.

신사년 12. 24
박순화 올림

2

우리가 이 세상에
머무르는 까닭

......

사진 속의 그 날엔 우리에게는 젊음이 있었고,

모든 어려움을 잊게 하는 희망이 있었다.

그날에 우리에게는 모실 수 있는 부모님이 계셨고,

무럭무럭 자라는 사랑스러운 애들이 있었다.

🦶 손녀와의 대화

돌을 갓 지난 손자를 안고 엘리베이터를 타려고 하는데 이 녀석이 손을 뻗쳐 층 번호를 터치하려고 한다. 이 정도 나이가 든 애들은 무엇이든지 터치해본다. 옛날에 아들딸을 키울 땐 전기 콘센트 구멍을 테이프로 막았었다. 젓가락을 집어넣을까 걱정이 되었기 때문이다. 그런데 요즈음 애들은 젓가락 대신 손가락으로 터치하여 본단다. 터치(touch) 세대인 것이다.

중학교 때까지 시골에서 살았던 나는 그 당시 시골 생활상을 지금까지 생생히 기억한다. 방아를 찧고, 확독에 보리를 갈고, 절구통에 쌀을 빻고 맷돌에 팥을 갈았다. 여인네들은 물레를 돌리고, 손과 발을 움직여 베틀에서 베를 짰다. 기운 센 남정네들은 도리깨질로 알곡을 분리해냈으며 지게는 매우 유용한 운반수단이었다. 나의 중학교 시절 시골 풍경이다. 맷돌, 디딜방아, 절구통, 확독, 연자방아 등 모두 석기이다. 우리는 석기시대에 한 발을 담그고 살았던 것이다.

서로 다른 세대들 사이에 있는 감정이나 가치관의 차이를 세대 차이(Generation Gap)라고 한다. 우리가 살아온 역사의 흐름을 살펴보면 지금처럼 하루가 다르게 변화되지 않고 오랜 세월에 걸쳐 서서히 발전해왔다. 우리나라만 하여도 5천 년의 역사를 가지고 있으나 앞서 이야기하였듯이 얼마 전까지만 해도 생활 도구로 석기를 사용하였다.

천년의 세월을 넘어 고려의 왕건이 조선의 정조와 대화를 한다. 대화를 하는 데 있어서 세대 차이 장벽 때문에 대화가 되지 않을 것 같지는 않다. 하물며 불교와 유교의 차이가 있음에도 불구하고 이해 가능한 범위일 것 같이 느껴진다. 그렇게 큰 변화가 있다고 느껴지지 않기 때문이다.

한 달 뒤 이탈리아로 떠나는 손녀가 내 무릎에 있다. 이제 우리 나이로 6살짜리이다. 칠순 중반의 할아버지는 4년 동안이나 떠나 있을 손녀를 안고 하염없는 푸념을 한다.

할아버지 할머니 생신 축하한다고 고깔모자 쓰고 축하 노래 불러주고, 주말이면 산에도 같이 오르고, 할아버지가 항시 지게 되어 있는 달리기 시합도 했다. 할아버지의 유일한 애창곡 엄마 곰, 아빠 곰, 아기 곰의 노래는 손녀가 가르쳐준 노래다. TV를 보며 춤을 추는 손녀는 완전 아이돌의 자태이다. 조그마한 것에도 깔깔대는 손녀는 이제 우리 곁을 떠나려 하고 있다.

"시연아! 너를 떠나보내고 할아버지는 어떻게 살아야 할지. 우리 손녀가 너무 보고 싶어질 거야."

이제 갓 6살짜리 손녀에게 답변을 기대하고 한 소리는 당연히 아니다. 손녀를 안고 있는 지금의 행복을 놓치고 싶지 않은 마음에서 자연스럽게 나오는 소리이다.

그러나 손녀의 반응은 의외였다. 가만히 나의 푸념을 듣고 있던 손녀는 자못 진지한 표정이다. 할아버지가 약간은 불쌍하고 처량하게 느껴진 모양이다. 할아버지를 위로해야겠다고 느꼈음이 분명하다.

"할아버지! 할아버지만 기쁘면 돼."

엥? 이게 무슨 소리야. 나는 의아한 표정을 지을 수밖에 없다. 이러한 나의 모습을 본 손녀는 좀 더 확실한 의사 전달이 필요하다고 느꼈던 모양이다.

"할아버지! 어제도 기뻤지 않아요?"

어제는 자기가 여기에 없는 때를 의미한다. 자기가 없었을 때도 기뻤지 않았느냐를 말하려고 하는 것일까? 아직도 내가 자기 말을 완전히 이해하지 못하고 있다고 생각한 것 같다. 한마디 더 한다.

"할아버지만 행복하면 돼."

'기쁘다'라는 말을 연속해서 두 번 이야기했다. 그리고 마지막으로 '행복'이라는 말로 보충 설명까지 했다. 분명히 손녀는 아무렇게 이야기하고 있는 게 아니다. 자기의 뚜렷한 생각이 있다. 다만 손녀는 터치(touch) 세대의 가치관으로 이야기했던 것이다.

나와 손녀와의 통상적으로 말하는 세대 차이는 얼마나 될까?

나는 75세, 손녀는 6세. 그러니 69년일까? 아무래도 고려 왕건과 조선 정조와의 세대 차보다는 훨씬 크지 않겠나. '터치' 세대와의 세대 차는 가늠이 불가능할 것 같은 생각이 든다. 그냥 나에게 좋은 방향으로 모든 것을 해석하면서 살자.

👣 가족이 함께 길을 걷다

행복은 관계에서 나온다. 관계 중에 제일 먼저이고 가장 중요한 관계는 가족관계이다. 가정의 행복이 행복의 출발점이다. 어떻게 하면 가정이 행복해질 수 있을까? 누구나 고민해보는 문제이다.

관계에 있어서 가장 중요하다고 생각하는 것은 두말할 나위 없이 신뢰일 것이다. 가족 상호 간에 돈독한 신뢰가 쌓여 있어야 자식은 부모를 따르며 섬길 것이고, 부모는 자식을 품어 안을 것이다. 그중에서도 남과 남이 만난 관계인 부부 관계에서의 신뢰는 무엇보다도 중요하다. 부모와 자식 간에야 끊으려야 끊을 수 없는 관계이지만, 부부 관계는 결혼 전이나 결혼 후나 무촌이다. 그래! 라고 말 한마디 하고 돌아서면 그만이다.

요즈음 세상에는 갈라서는 것은 하나의 유행같이 아무 때나 가리지 않는 것 같다. 오늘 누구는 졸혼했다고 동네방네 알리고 다닌다. 부끄러워하지도 슬퍼하지도 않는다. 자유를 얻은 것 같다는 소감도 준비되어 있었다.

　나는 결혼을 옛날 기준으로 보면 매우 늦은 나이에 하였다. 한 번 장가가는 데도 힘이 들었기에 가급적 두 번 가지 않기 위해 피나는 노력을 한다. 곧이곧대로 이야기하면 아내가 무척 화를 낼 수 있는 문제도 나는 거짓말을 하지 않는다. 하얀 거짓말까지도 거의 하지 않는다. 부모님께 용돈을 드리더라도 항상 아내를 통해서 드렸지, 내가 마음대로 드리지 않았다. 신뢰는 한번 깨지면 영구히 남게 되는 질그릇의 흠결처럼 영원히 지워지지 않는다.

　젊었을 때의 일이다. 한 달 정도 일요일에도 회사에 출근해야 하는 일이 있었다. 그러던 어느 날 형수들이 아내 혼자 있는 우리 집에 찾아왔다. 우리 부부와 같이 식사하려고 오셨는데 내가 없으니 난감했다. 아내는 한 치의 의심도 없이 종로 4가에 있는 나의 직장에 형수들을 모시고 찾아왔다. 만약 없으면 어떻게 하려고 그러느냐는 형수들의 말은 무시하고, 우리 남편은 '있다'라고 한 곳에 있다고 믿기 때문이었다. 나를 보자 아내는 자기 말이 맞지 않느냐는 듯 승리자의 표정이었다.

　회사에서 회식하고 돌아오던 날 저녁, 하얀 와이셔츠에 묻은 립스틱 자국은 세탁기에 넣어서 돌리면 없어지는 자국일 따름이다. 더 이상 아내의 신경을 건드리지 않는다. 신뢰는 건물을 지지해주는 지반과도 같다. 튼튼한 지반 위에 건물이 지어질 때 그 건물은 견고하다. 이제 신뢰 위에 가정이라는 건물을 하나하나 쌓아가야 한다.

한 5년 전일까? 새로 핸드폰을 사면서 딸내미가 가족들의 핸드폰 번호를 단축키에 넣어주면서 이름 대신에 아내에게는 내 사랑, 아들에게는 듬직한 아들, 예쁜 며느리, 예쁜 딸이라고 붙여넣어 주었다. 처음 얼마간은 볼 때마다 그토록 어색하고 그 아름다운 형용사가 각각 그들에게 매치가 잘 되지 않는 것 같았다. 한 달에 한두 번 얼굴이나 내비치고 큰 벼슬이나 한 것처럼 하는 녀석이 무슨 듬직한 아들이더냐. 그러나 단축키에 새겨진 이름 대신 붙여진 명칭을 내가 지울 수 있는 능력도 없다. 별다른 방법도 없어 나는 전화를 걸 때마다 내 사랑에게, 듬직한 아들에게, 예쁜 며느리, 예쁜 딸에게 전화를 걸었다. 그렇게 아내는 나의 사랑으로, 아들은 듬직한 아들로, 예쁜 며느리로, 예쁜 딸로 다가오고 있었다.

우리 부부는 가게 일이 끝나고 밤 8시가 넘어서 집에 온다. 어느 정도 몸도 지쳐있을 터인데 아내는 돌아오자마자 저녁 식사를 준비한다. 과거에는 당연한 것으로 생각하고 차려주는 밥을 먹었다. 가끔은 먹을 만한 반찬이 없다는 말도 곁들였다. 그러나 언제인가부터는 저녁을 준비하는 아내의 모습이 또렷하게 보이기 시작했다. 청소하는 아내가 힘겨워하는 모습도 보이기 시작했다.

주말이면 우리 가족은 멀지 않은 산을 가거나 집 주변 호수를 거닐면서 이런저런 대화를 한다. 아들 내외가 손자 손녀를 데리고 오는 날은 그보다 더 좋은 낙이 있을까 싶다. 요즈음에는 아들네 가족이 외국에 가 있어서 가슴 한 편에 구멍이 크게 뚫려 있는 듯하다. 오늘은 딸과 함께 이야기하며 호숫가를 거닐고 있다. 딸은 내가 쓴 글의 제1 독자이다. 언제나 예리하고 정확하게 평을 해주고 있다. 나는 지금까지 딸과 잘 호흡을 맞추고 있다. 오늘도 딸은 그동안 내가 쓴 글들의 소재들이 너무 좋아서 생동감이 있다고 칭찬하고 있다.

앞쪽에서 오던 아주머니 한 분이 우리 앞에 멈추어 서더니 말을 걸어왔다. 부녀간에 거니는 모습이 너무 좋아 보인단다. 그렇게 하여 우리의 대화는 잠시 멈추었다.

Those were the days
그리운 시절

엊그제만 해도 그토록 매섭게 바람이 차더니 오늘은 찬바람 속에도 봄의 기운이 느껴지는 오후이다. 아내는 오랜만에 모든 문을 활짝 열어젖히고 먼지떨이로 그동안 쌓인 먼지를 털어낸다. 어느 정도 청소가 끝난 아내는 봄소식이라도 들은 양, 오랫동안 책장 안에 잠자고 있던 사진첩을 꺼내 들었다. 한참을 사진을 보며 세월을 거슬러 올라가다 내려오기를 반복하더니 나에게 사진 한 장을 내밀었다.

다소곳이 무릎을 꿇고 세례를 받는 아내의 사진이었다. 머리는 단발에 핀을 꽂아 생머리를 뒤로 넘겼다. 밑에는 짧은 청치마와 위에는 하얀 반팔 남방셔츠를 입은 아내는 숨 쉬는 예술품이다. 저토록 아름다웠던가. 날씬한 몸매에 달라붙은 옷은 몸매를 따라 맵시를 자랑한다. 옅은 화장에 싸구려 액세서리 하나 없는 아내는 그대로 자연 미인이다.

한 장의 사진을 보면서 35년 전 우리의 모습을 본다. 둘 다 가진 것 없이 결혼한 우리는 겨우 마련한 13평짜리 전세에서 살아야 했다. 그것도 안방 한 칸은 주인이 물건을 넣어두는 곳으로 사용하였기에 우리는 방 한 칸에 모든 물건을 놓고 살아야 했다. 엘리베이터도 없는 5층 꼭대기 집은 돈 들이지 않고 체력을 관리하는 데 안성맞춤이었다. 그래서인지 아기 둘을 가진 아내는 그렇게 날렵했다.

스산한 바람이 우리의 옷깃을 파고드는 11월. 가난한 자들에게는 가장 서글픈 계절이다. 김장을 해야 하고, 추운 겨울을 대비하여 연탄도 마련해야 하고, 겨울 옷가지도 마련해야 한다. 그렇지 않아도 시원찮은 월급에 그동안 빌린 돈을 갚고 봉투는 더욱 납작해졌다. 중량감이 턱없이 부족한 봉투를 받아 쥔 아내는 우선 한 달분 연탄을 사다놓고 어렵사리 김장을 먼저 해놓았다. 그 이후에는 없으면 없는 대로 있으면 있는 대로 살아갈 작정인가 보다.

우리는 비록 서울에 살고 있지만, 심해의 고도에 사는 거나 마찬가지였다. 하루하루를 근근이 버티어 나가야 했기에 누구를 만나거나 여가를 즐긴다는 것은 상상도 해보지 못했다. 조금치도 궤도를 벗어나 볼 수 없는 처지였다.

연탄을 때는 방 아랫목에는 항상 이불이 깔려 있고 방바닥은 언제나 따뜻했다. 아이 둘을 거두면서 살림도 해야 하는 아내는 온종일 서성대었을 것이다. 지금은 일회용 기저귀가 있지만, 그때는 기저귀를 삶고 빨아야 했다. 어디 그뿐이랴. 연탄을 새로 갈기 위해 가끔은 밤잠도 설쳐야 했고, 빨래도 손으로 해야 했다. 그래도 남편을 위해 따뜻한 밥을 퍼서 스테인리스 밥그릇에 담아 이불 깊숙한 곳에 묻어두었다. 내가 좋아하는 청국장을 끓이면서 아내는 밥도 먹지 않고 언제 들어올지 모를 남편을 기다렸다.

겨울이면 한철을 보내기 어려우신 여든 넘으신 어머니와 아버지께서 올라오셨다. 형님들 집에 가시면 방도 넓고 아무래도 드시는 것도 나을 수 있는데, 두세 밤 자고 나시면 우리 집으로 오신다. 막내네 집이 아무래도 편하신 모양이었다. 우리는 매년 겨울이면 한 칸의 방에서 한 달 이상을 모시었다. 따뜻한 방 아랫목은 아버지와 어머님에게 내어 드리고 아침에 일어나 보면 갓난아기의 볼은 얼어서 빨겠다. 모든 살림을 방 한 칸에 다 넣어두고 여섯 식구가 그렇게 지냈다.

시골에 계시면 잡수시는 것이 아무래도 부실할 수밖에 없었다. 우리 집에 오셔서 별 반찬은 없지만 따뜻한 밥 한 그릇과 김이 모락모락 나는 생태찌개를 맛있게 드시는 모습은 우리의 기억에 행복의 두께로 차곡차곡 쌓여갔다. 아버님 어머님이 오셔서 우리 삼대(三代)는 한 이불에 다리를 펴고 누울 수 있었다. 그럴 때면 아버지와 어머니의 옛일들이 하나씩 이야기로 피어오르고, 손자 손녀의 온기는 늙으신 부모님께 따뜻함으로 흘렀다.

갓 시집온 며느리는 처음 시댁에 갔을 때 어머니가 차려주신 전라도 음식에 신랑보다 더 뜨거운 관심을 두게 되었다. 어머니가 만든 '집장'에 대해서 아내는 지금도 잊지 못한다. 어머니가 우리 집에 머무시는 동안 아내는 어머니로부터 무료 요리 강습을 받았

다. 집장, 동치미, 무 빠개지 그리고 청국장. 항시 군침이 돌게 하
는 어머니의 반찬들이다. 그해 겨울은 어머니가 담근 반찬을 먹으
며 즐거운 식사 시간을 가질 수 있었다. 또 하나, 아내가 어머니로
부터 전수받은 것 중에 지금도 자주 만들어 먹는 것은 식혜이다.
어느 집 식혜보다 어떤 상표의 식혜보다 '우리 마누라 표' 식혜는
거의 완벽에 가깝다. 식혜를 마실 때마다 어머니의 손길이 느껴진
다.

　살림으로 가득 찬 이 좁은 방 한 칸에는 고부갈등이 자랄 수 있
는 공간이 부족했다. 다만 봉급 봉투는 이미 바닥이 나고 돈 빌리
는 경력만 점점 쌓여갔지만, 그것은 그 시절에 있었던 서글픈 통
과의례였다.
　사진 속의 그 날엔 우리에게는 젊음이 있었고, 모든 어려움을
잊게 하는 희망이 있었다. 그날에 우리에게는 모실 수 있는 부모
님이 계셨고, 무럭무럭 자라는 사랑스러운 애들이 있었다. 따뜻한
온돌방 이불에 다리를 묻고 삼대(三代)의 정겨운 이야기가 있었
다. 그 시절 우리를 옥죄던 가난도 지금은 살포시 미소 짓게 하는
그리움이다.

👣 배려(配慮)

구리 료헤이 원작의 「우동 한 그릇」을 여러분들은 이미 한두 차례 접했으리라 생각한다. 이 작품이 처음 출간된 시기인 1990년대 초반에 나는 이 책을 읽게 되었다. 아마 거의 울먹이며 읽었으리라. 그 다음에도 몇 차례 더 읽었다. 그리고 며칠 전 다시 읽었는데, 이번에는 눈에는 눈물이, 코에는 콧물이, 가슴에는 감동이 밀려왔다. 책을 읽어 나갈 수 없을 지경이었다. 아마 늙어가기 때문일까?

1989년 일본 국회의 심의위원회 회의실에서 질문에 나선 한 의원이 갑자기 한 편의 동화를 읽었다. 이야기가 반쯤 진행되자 여기저기에서는 눈물을 흘리며 손수건을 꺼내는 사람이 하나둘 늘어나더니 끝날 무렵에는 온통 눈물바다를 이루고 말았다. 국회를 울리고, 거리를 울리고, 결국은 나라 전체를 울린 바로 「우동 한 그릇」이라는 동화다.

섣달 그믐날 6살과 10살 정도의 사내아이들은 계절이 지난 체크무늬의 반코트를 입은 여인과 북해정(北海亭) 문을 들어섰다.

"저.... 우동.... 일 인분만 주문해도 괜찮을까요?"

"우동 일 인분!" 하고 외치는 여주인의 외침을 듣고, 주방장인 남자 주인은 잠깐 일행 세 사람에게 눈길을 보내고 "예." 하고 대답하고 나서 일 인분의 우동 한 덩어리와 거기에 반 덩어리 사리를 더 넣어 삶는다. 식사하고 떠날 때 셋이서 한 그릇밖에 시키지 못해서 미안해하는 그들에게 우동집 아저씨와 아주머니는 "고맙습니다. 새해 복 많이 받으세요!" 라고 큰 소리로 말해주었다.

그다음 해 섣달 그믐날 그들은 똑같은 모습으로 우동 한 그릇을 시켰다. 여주인은 사리를 더 많이 넣어주라고 눈짓을 했으나, 주방장인 남편은 작년처럼 반 덩어리만 더 넣어 끓였다. 눈치채지 못하게 하기 위함이었을 것이다. 그러나 떠날 때는 똑같이 "고맙습니다. 새해 복 많이 받으세요!"라고 크게 외쳤다.

무엇 때문에 「우동 한 그릇」의 동화에 우리는 모두 감동의 눈물을 흘렸을까? 엄밀하게 따져보면 우리의 삶은 이보다 더 비참했으면 했지, 덜하지 않았다. 내가 그렇게 눈물을 흘릴 이유가 없었다. 이들 주인공은 기껏 6살과 10살 정도의 어린 나이에 큰 가게인 북해정에서 우동을 먹었다. 그에 비해서 나는 고등학교 때 처음으로 짜장면을 먹어 보았다. 그것도 학교가 파하고 집이 같은 방향이라서 같이 다녔던 친구가 자기 생일인가에 사주어서 먹게 되었다. 어떻게 먹는 것인지 방법을 몰라서 우두커니 있다가 그 친구가 짜장면을 비비기에 따라서 비볐다. 그리고 고등학교 시절 또다시 짜장면을 먹었던 기억은 없다.

여기에서 우리가 눈물을 흘리는 것은 단순히 짜장면이나 우동의 문제가 아니다. 우동 한 그릇에는 배려의 따뜻함이 있었다. 6살짜리 애가 커서 학교 백일장에서 「우동 한 그릇」이라는 제목으로 글을 써서 장원을 했다. 북해정 아저씨, 아주머니의 따뜻한 인사 한마디가 그에게 큰 용기를 주었다고 썼다. 커서 자기도 이들처럼 친절한 우동집을 하고 싶다고 했다. 주인의 깊은 배려가 담긴 인사였기 때문에 그는 감동할 수 있었던 것이다. 배려는 물질적으로 커야만 큰 것이 아니다. 마음이 따뜻한 배려야말로 진정한 배려인 것이다.

내가 국민학교에 다니던 시절 동짓달이었을까? 밖에는 하얀 눈이 쉴 새 없이 내리고 있었다. 하얀 눈을 흠뻑 둘러쓴 한 동네 사는 먼 친척 아주머니가 무언가 한 보따리를 들고 오셨다. 검은 보자기를 펼치자 하얀 쌀이 있었다. 그 당시 우리는 쌀이라고는 한 톨도 없이 시래기에다 이것저것 넣고 삶아 먹던 시절이었다. 친척 아주머니가 준 쌀로 우리는 한겨울을 버티어 냈다. 인생을 이만큼 살아오면서 가장 기억에 남는 선물이라고 생각된다. 60여 년 전의 그 아주머니의 얼굴에 흐르는 배려의 빛깔을 지금도 또렷이 기억할 수 있다.

우동 한 그릇짜리에 반 덩어리 사리를 더한 북해정 주인의 배려에 수많은 독자는 눈물을 흘렸고, 주인의 배려가 담긴 인사 한

마디가 소년을 훌륭한 청년으로 성장하도록 용기를 주었다. 우리들의 별로 힘들지 않은 조그만 배려가 우리가 살아가는 세상을 바꿀 수 있지 않을까 생각해본다.

👣 나에게 아직도 남아있는 온정

내가 지금 살고 있는 집은 이사 온 지 2년째이다. 창문을 열면 철길 넘어 수원의 서호(西湖)가 바라다보이고, 그 너머 들녘에서 불어오는 바람은 한여름에도 시원하다. 금년에는 예년에 비하여 시원한 편이어서 그러하겠지만 아직 선풍기조차 켜지 않았는데 오늘만은 조금 다른 것 같다.

오늘도 어제까지 그랬듯이 에어컨을 켜지 않고 문만 열고 잠을 잤다. 자정이 넘고 새벽 2시쯤에 나오는 다른 곳에서 자고 있던 아내는 더워서 잠을 잘 수 없다고 에어컨을 켜달란다. 나더러 켜달라고 부탁하는 것은 작동법을 잘 모르기 때문이다. 사실은 나도 잘 모른다. 젊어서는 전기며 수도며 다 만졌지만, 눈이 어두워지고 애들이 커가자 모든 것을 애들에게 시켰다. 그래서 단순히 켜기만 하는 것은 가능하지만 시간 예약을 하지 못하기에 에어컨을 켜지 않고 그냥 잘 생각이었다. 그러나 오늘은 날씨가 보통이 아니다. 도저히 나도 잠을 이룰 수가 없다. 우선 선풍기기가 한 대

있기에 그 선풍기를 내방에 가져와 틀었다. 그 뒤로 아내는 자는 것인지 뒤척이는 것인지 아무 말이 없다.

아내는 나보다 조금 젊다고는 하나 그래도 7학년에 접어들었다. 요즈음엔 무슨 일을 조금만 하여도 이해할 수 없을 만큼 힘들어한다. 김치 담그기가 힘들고, 장보기가 힘들고, 손자 보기가 힘들다. 논에 가서 일하는 것도 아니고, 밭에 가서 일하는 것도 아니고, 그렇다고 산에 가서 나무하는 것도 아닌데, 삼시 세끼 밥하기가 힘들다고 한다. 오지 마을 시골에서 논밭일을 다 하시고 집안일은 쉬는 참에 하는 것으로 여기시는 어머니를 보고 자란 아내의 신랑은 힘들다는 것에 대해서 도무지 이해하지 못한다. 아내가 아파서 응급실에 가는 날 아침도 아내는 나의 밥을 차려준다. 집안일에 힘들어하는 아내를 뼛속까지 이해하지 못하는 남편은 아직도 당당히 자신의 자리를 지키고 있다.

가게에서 일하던 종업원이 그만두면서 2개월 동안이나 종업원이 하던 일을 떠안은 것은 당연히 아내이다. 요즈음 조그마한 개인사업도 과거와는 사뭇 다르다. 더구나 가맹점은 복잡하기 짝이 없다. 하루에 손님 한두 명만 와도 내부적으로 할 일은 많다. 쉽게 말해서 손님이 없으면 할 일은 더 많아진다. 고객관리를 더 잘해야 하기 때문이다. 얼마 전까지만 해도 현금이나 카드를 받고 긁으면 결재는 끝이다. 요즈음에는 결재 방법이 수없이 많다. 현금, 카드, 상품권과 쿠폰, 수기등록, 임의등록 각종 페이, 포인트 사용을 해야 하고, 반품, 교환, 취소는 물론 현금 영수증과 세금 계산서 발행 등 일일이 다 헤아릴 수 없을 정도이다. 이러한 일들이 우리에게 괴물일 수밖에 없는 컴퓨터에서 이루어져야 한다. 아내는 오늘도 그 쇳덩이 앞에서 애를 태우고 있다. 드디어 어제 아침에는 한쪽 머리가 찢어지듯 아프다고 하더니 종국에는 눈 핏줄이 터져 눈이 발갛게 부어올랐다. 충분히 남편으로부터 미안하다는 진심 어린 사과의 말을 받아야 마땅하다. 겨우 어렵사리 나오는 말 한마디에는 그 모든 것이 담겨 있을까?

"안과에 가봐!"

무던히도 친절하다. 누가 정신과에 갈까 봐 안과에 가보라고 한 것 같다.

아내가 에어컨 좀 틀어달라고 했으나 에어컨은 틀어주지 않고, 자기도 더우니까 자기 방에만 하나밖에 없는 선풍기를 틀었던 아내의 남편은 그런대로 시원하여 잠이 잘 올 것 같았다. 그러나 10여 분이 지나도 20여 분이 지나도 잠이 오지 않았다. 얼마의 시간이 더 지나고 늙은 신랑은 어둠 속에서 몸을 일으켰다. 에어컨이 있는 곳으로 가서 리모컨을 눌렀다. 시원한 바람이 세차게 흘러나왔다. 분명 아내의 방으로 찬바람이 들어갈 거로 생각했다. 이제야 나도 잠이 들 것 같다. 이렇게 나를 움직이어 에어컨을 켜게 하였던 것은 무엇이었을까. 그래도 아직 나에게는 마지막으로 사용할 수 있는 온정(溫情)이 남아 있었나 보다.

🦶 나의 양아록(養兒錄)

　　조선 16세기 중엽 선비 이문건은 조광조의 문하에서 학문을 배우면서 꿈을 키워가던 이였다. 1519년 기묘사화가 일어나 인생에 큰 위기를 맞아 유배로 낙향하여 귀양살이하다 손자를 보았다. 그는 손자를 탄생 순간부터 키우게 되었는데 슬하에 자식들은 모두 일찍 세상을 떠났고 오로지 손자 하나 생존하게 되었기 때문이다. 손자의 성장 과정과 질병의 치료 과정, 교육방식 등을 시와 산문으로 세세하게 기록하였으며, 이것이 조선 유일의 육아일기인 「양아록」이 되었다.

　　'손자 아이가 커가는 것을 보니 내가 늙어가는 것을 잊어버린다.'라고 적고 있다. 우리 할아버지들이 느낀 바와 똑같다. 그는 아이가 장성하여 이것을 보게 된다면 글로나마 할아버지의 마음을 알고, 올바르게 커나가리라 기대하였다. 하지만 손자는 커갈수록 글공부에는 관심이 없고 말썽이 늘어갔다. 손자의 나이 16살 때 지속되는 일탈에 할아버지는 노옹조노탄(老翁躁怒嘆:늙은이가 분노하고 한탄한다)이라고 적고 양아록은 여기에서 끝을 맺는다.

    나에게는 손녀 하나 손자 하나가 있다. 아들 며느리가 결혼 후 3년이나 기다려서 처음 손녀를 얻었다. 축복 속에 태어난 손녀는 음식을 잘 먹지 않았다. 며느리는 아기에게 밥을 먹이고 나서야 비로소 식사를 하기에 아침밥이 점심이 되고, 저녁밥이 밤중이 된다. 며느리는 점점 야위어갔다. 살짝 여닫는 문소리에도 잠을 깨고, 저녁 늦게까지도 잠을 자지 않는 아기를 업고 종일 서성댄다. 며느리가 너무 애처로웠다.

    연년생으로 이번에는 손자가 태어났다. 더없이 예쁘다. 정신없이 1년이 흐르고 첫돌을 맞는 손자는 핏줄을 알아본다. 멀리서 할아버지 할머니를 보는 순간 얼굴빛이 환해진다. 명절 때 다른 할머니들만 보이고 자기 할머니가 보이지 않을 때 "우리 할머니는?" 하고 눈을 동그랗게 뜬다. 내가 밖에 나갔다 돌아오면 문 여는 소리를 듣고 넘어질 듯 달려오는 손자를 보노라면 나도 늙어가는 것을 잊어버린다. 지극정성으로 애들을 보살피는 며느리와 사랑이 넘쳐나는 손자 손녀의 모습을 무언가에 담아보고 싶었다. 나도 「양아록」을 써서 먼 훗날 이 애들이 자라서 나의 「양아록」을 보고, 흔들리는 마음을 잡아나갈 수 있게 해야겠다고 마음먹어본다.

    손녀는 그림에 꽤 소질이 있나 보다. 엄마, 아빠, 동생 그리고 자기 자신을 구분할 수 있을 정도로 그림을 그린다.

    "며늘아, 미술에 소질이 있는 것 같으니 미술 전공을 하면 어떠하겠느냐?"

"아버님! 다른 애들은요, 무릎관절, 팔 관절, 손가락 마디까지 그려요."

"그러면 다른 소질은 없느냐?"

"아버님 춤을 잘 추어요. 무용 전공 하는 사람이 그러는데 몸매가 완전 '황금분할'이라고 하던데요."

"유아원에서 춤을 제일 잘 추느냐?"

"열 명 중 두 번째로 잘 추어요."

"며늘아, 첫 번째와 두 번째의 차이는 엄청나다. 첫 번째는 이 지구상에서 제일일 가능성이 조금이나마 있을 수도 있지만, 두 번째는 열 명 중에서도 앞에 더 잘하는 사람이 있다. 진로 결정에 깊은 성찰이 필요할 것 같구나."

연년생 둘 키우기가 힘들어서인지 며늘애는 점점 야위어간다. 손자는 성격이 무난해서 그런지 할머니와 할아버지를 잘 따른다. 손녀는 도저히 엄마와 떨어질 수 없어서, 우리가 착한 손자를 데려왔다. 이제 겨우 돌을 넘긴 손자를 데려왔으니 얼마나 마음이 짠한지 모른다. 말을 못해서 그렇지, 어찌 엄마 품을 떠나서 할머니, 할아버지하고 살고 싶을까. 보행기에 앉히어 놓고 장난감을 주면 다리를 꺼덕거리며 그래도 잘 놀아주었다. 할머니가 밥을 할 때면 졸졸졸 할머니 궁둥이를 따라다닌다. 할머니는 종종 맛있는 것을 준다.

손자는 날마다 우리에게 즐거움을 주었다. 고모는 바쁜 직장생활에 지쳐 있었고, 우리 부부도 가게 이전 문제 등 이것저것 힘든 하루를 보내고 있었다. 하지만 저녁에 돌아가면 귀여운 손주가 있기에 보고 싶은 마음에 퇴근 시간만 기다렸다. 우리는 그렇게 어려운 시기를 손자를 보는 재미와 함께 무사히 보냈다. 옛 어른들의 말씀이 하나하나 가슴에 와닿는다. 손주들이 아들, 딸보다 훨씬 귀엽다는 것. 애들은 어렸을 때 이미 부모에게 할아버지와 할머니에게 효도를 다 했다는 것을 나는 벌써 깨닫는다.

착한 며느리는 종종 애들과 동영상 통화를 할 수 있게 연결해 준다. 우리 노부부는 동영상 속에서라도 자라가는 모습을 볼 수 있어 행복했다. 하루하루가 달라져 가는 손자 손녀의 모습은 누구의 시구처럼 '보고 있어도 보고 싶다.' 공룡을 좋아하는 손자를 위해서, 인형을 좋아하는 손녀를 위하여 수없이 사 날랐다. 여느 할아버지 할머니처럼 우리도 손주 바보가 되어가고 있었다.

이제 어느 정도 성장했기에 자기들끼리도 잘 논다. 얼마 전 아이들이 겨울 방학을 했다고 우리 집에 데려와서 갈 때는 아이들을 놓고 아들 며느리만 가겠다는 것이다. 도저히 아이들이 자기 엄마를 떨어지지 않을 것 같은데 그렇게 하잔다. 손주들에게 의사를 물었더니 예상과는 달리 모두 할머니 집에 있겠다는 것이다. 그러면 그렇지, 누구 손주인데 당연히 방학 때는 할아버지, 할머니와 지내야 않겠느냐. 정말 처음으로 손자 손녀가 함께 엄마를 떨어져서 할머니 댁에서 지내게 되었다. 우리는 너무도 흐뭇하고 좋았다. 그렇지 않아도 한 달 뒤에는 외국에 가서 4년을 머무르게 되는데 조금이라도 할머니, 할아버지에게 효도할 모양이다. 저녁밥도 잘 먹고 엄마 아빠는 전혀 생각지도 않는 듯하였다. 오히려 재미없던 일상에서 일탈하는 자유로움을 만끽하는 모습이다.

어느덧 밤 11시 반이 되는 시각이다. 잘 줄 알았던 이 녀석들은 한 녀석은 TV에, 한 녀석은 PC에 빠져들어 있었다. 자기 집에서는 TV를 켜주지 않으니까 여기에서 실컷 볼 요량이었나 보다. 이제는 효도하는 손자 손녀가 아니고 자기 길을 가고 있는 손주들이다. 당연히 강제로 만화 보는 것을 중지시키고 잠을 자도록 했다.

한 살 더 위 6살인 손녀가 할아버지에게 할 이야기가 있단다. 내일 아침 엄마에게 데려다 달랜다.

"할아버지! 내일 아침 먹지 말고!"

손녀는 애절한 모습으로 "내일 아침 먹지 말고!"를 다시 한번 나에게 강조시킨다. 자기가 생각하는 '아침 먹지 말고'와 할아버지가 느끼는 '아침 먹지 말고'의 의미는 하늘만큼 땅만큼 다르다는 것을 아는지 모르는지.

'손녀야! 너는 30분 먼저 집에 간다는 의미일지 모르지만 어리디어린 손주들에게 밥도 먹이지 않고 보내는 할아버지 할머니의 마음은 온종일 울어도 모자란단다.'

날마다 날마다 기적을 낳았던 손자와 손녀는 이제 5살과 6살이 되었다. 유아원에 다닌 지 벌써 2년과 3년 차다. 지금도 며느리는 동영상을 통해 애들의 모습을 보여주지만, 손자는 할아버지 할머니를 쳐다보지도 않고 제 할 일만 한다. 손녀는 한 살 더 위여서인지 그래도 인사는 한다. 이제 서서히 손주들은 저희의 길을 가려고 한다. 나의 「양아록」은 시작하기도 전에 여기서 끝내야 할 것 같다.

👣 결혼기념일

뜬금없이 이틀 전 아내는 "내일모레가 우리 결혼 39주년이야!" 라고 푸념 섞인 소리를 했다. 결혼기념일이라고 해서 특별히 무엇을 해본 적 없는 우리였기에 금년에도 별생각 없이 그렇게 또 지나갈 심산이었다. 둘이 다 가진 게 없이 결혼하였던 우리는 오랜 세월 동안 옆을 돌아볼 여유조차 없어 내 생일에 미역국 한 그릇이면 족하고, 아내의 생일은 자기가 끓여 먹으면 먹는 것이고 그렇지 않으면 그냥 지나쳤다. 그런 생활을 오래 하다 보니 결혼기념일은 우리의 생활 속에 파고들 자리가 없었다. 이 때문에 우리는 외식을 하는 경우가 극히 드물고 맨날 집밥만 먹었다.

아내는 경상도 경주가 고향이다. 배추를 사다 놓고 남편 입맛에 맞게 담가지도록 진지한 기도를 한다. 그러나 아무리 노력한들 전라도 부농의 딸인 우리 어머니의 반찬 솜씨에 맛 들인 나의 입맛을 맞출 수 있겠나. 기도까지 버무려진 김치는 아내의 표현을 빌리자면 '네 맛도 내 맛도 없다.' 그래도 아내가 담근 김치를 먹고 그렇게 지내야 했다.

결혼기념일을 챙기지 않았으니 몇 주년은 의미가 없어 한 번도 세어보지 않았는데 39년이란다. 어쩐지 요즈음 김치가 너무 맛있어 외식이 필요 없다 했더니 39년 세월의 맛이 흠뻑 젖어 든 모양이다. 영락없는 여자인 아내는 40여 년이라는 긴 세월 동안 한 남자의 여자로서 살아오면서 어찌 한 해라도 결혼기념일을 잊고 살아왔겠느냐. 한 줄기 바람결에도 흔들리는 갈대와 같은 여자의 마음을 어찌 한 번도 헤아리지 못했을까. 아내도 남들과 같은 여자로 살아왔음을 생각하며 미안하고 가슴이 아리다. 내일모레는 장미라도 한 송이 바쳐야겠다는 생각을 늙은 신랑은 모처럼 해본다.

결혼기념일까지는 아직 이틀이나 남았다. 시간으로는 48시간, 분으로 따지면 2,880분이나 된다. 적지 않는 나이의 요즈음 기억력으로는 엄청난 시간이다. 돌아서면 잊을 것을 덧없는 약속을 일단 해본다. 드디어 그날이 그날인 오후 5시, 나는 전기에 감전된 듯 깜짝 놀란다. 이제 장미를 사 오기엔 너무 겸연쩍은 시간이다. 한 가닥 희망은 하나뿐인 며느리인데, 요즈음 젊은 애들한테도 치매기가 빨리 오는가 보다. 며느리는 작년까지는 못 오면 전화라도 하고 정성이 담긴 선물이라도 보내더니 올해는 깜빡한 모양이다. 할 수 없이 전화를 걸었다.

"아버님, 웬일이세요?" 시아버지 전화이니 일단은 밝은 목소리이다.

"단 하나밖에 없는 예쁜 며늘아!"

나는 최대로 다정하게 며느리를 불렀다. 깜짝 놀란 며느리는

"아버님, 왜 그러세요. 어디 편찮으세요?"

"아니다. 순한 치매일 테니 너무 걱정하지 마라. 오늘이 우리 결혼기념일이다."

"아이고, 깜빡 잊었네요."

"너희네 결혼기념일이야 외국으로 가야겠지만 우리 기념일인데 괜찮다. 다름이 아니고 장미꽃 한 송이라도 사려고 했는데, 그것마저도 깜박했다. 그러니 수고스럽더라도 네가 애들한테 결혼기념 축하 노래를 연습시켜서 할머니한테 동영상으로 연결해주려무나."

"예, 아버님. 그럴게요."

우리 며느리는 정말 착하다. 잠시 후 며느리 연출, 손자 손녀 출연, 할머니와 할아버지 결혼기념일 축하공연이 시작되었다. 고깔모자를 쓴 손자 손녀는 배운 대로 열심히 축하 노래를 불렀다. 허전하게 빈 아내의 마음에 엷게나마 기쁨의 물결이 도달했을까? 연신 아내는 손자 손녀에게 "사랑해."를 반복하고 있다. 올해로 39년째 결혼기념일도 그동안 관례를 크게 벗어나지 못한 채 그렇고 그런 날로 끝나가고 있다.

저녁을 먹고 다른 날보다 일찍 잠자리에 들었다. 오늘 밤 나의 품은 충분히 넓다. 어느새 어린애가 되어 아내는 깊은 잠에 빠져들었다.

👣 사람은 왜 사는가

인간은 일반적인 무생물과는 다르지만, 물건을 오래 사용하면 닳아지듯이 인간의 모든 기능도 퇴화하여간다. 거기다가 관리를 잘 못하면 망가지기도 한다.

3년 동안 군 생활을 하면서도 담배를 피우지 않았는데, 학교에 돌아와서 짓궂은 친구 때문에 담배를 배워 수십 년간 피우다가 늘그막에 큰마음 먹고 담배를 끊고 산다. 최근에는 밥만 먹으면 체한다. 약국에서 간단한 소화제를 사서 먹고 견디어 보았지만, 점점 더 심해졌다. 가족들의 성화가 아니면 나는 결코 병원에 가지 않는다. 한 달여 버티다가 그토록 가기 싫어하는 병원을 내 발로 갔다.

위의 염증이 심하단다. 한 달 분의 약을 사 들고 집에 도착하기 무섭게 약을 먹었다. 약효는 매우 빨라서 금방 답답증이 많이 수그러들었다. 속이 더부룩할 때마다 술을 한잔 들이켰고, 커피를 한 잔 마셨다. 오히려 그것들이 염증을 더 악화시켰다는 것이 나의 생각이 되었다.

70대 중반을 넘긴 우리 나이가 되면 대다수 많은 사람들이 갖가지 질병에 시달리게 된다. 여기에서 문제는 현대의학이 우리를 쉽사리 이 세상에서 떠나지 못하게 하는 것이다. 평균 수명이 점점 길어져 100세를 바라보게 되면 우리는 최소한 인생의 3분의 1을 병마와 싸워야 한다. 운명은 하늘에 맡기고 아프지 않은 삶을 사는 것이 우리들의 가장 큰 소원일 것이다. 아프지 않은 노년을 위해서 우리는 모든 것에서 이제 멀어져야 한다. 금하고 금하고 또 금해야 한다.

담배를 끊은 지는 오래되었고, 이제 항시 내 곁에 있었던 술잔도 내려놓았으며, 커피도 멀리했다. 잠자리에서는 언제나 혼자인지 몇몇 해인가 계산이 안 된다. 잠 안 오는 밤 목젖을 타고 내리는 소주 한잔, 아침에 일어나 멍때리며 즐기턴 뜨거운 커피 한잔과 담배 한 가치. 이제는 가까이할 수 없는 추억 속의 기호품들이 되어버렸다. 그렇다면 내가 지금 왜 살아가고 있는가. 살아가야 할 이유가 그래도 있는 것인가?

요즈음 점점 길어지는 오후, 나는 간식을 가급적이면 먹지 않는다. 오후 8시 퇴근하면서 뱃가죽은 등에 다다랐다. 집에 도착하면 대접에 말간 팥으로 만든 죽이 있다. 나의 저녁 식사다. 한 숟갈 뜨면 대여섯 개의 밥알이 들어 있다. 씹고 또 씹어 먹는다.

먹는 순간, 그 순간 너무 행복하다. 살아 있기에 느끼는 행복이다.

🦶 아내의 선택

모든 생물은 태어나서 얼마간 살다가, 그리고 죽는다. 어느 날 어느 순간에, 그때 나는 정신을 차리고 있었는지 아닌지는 모르지만, 나는 지구의 한구석에 나타나 있었고, 그리고 얼마간의 시간이 흐르고 난 뒤, 나는 지구상에서 한 줌의 재로 변해 있을 것이다. 이렇듯 태어나고 죽는 것은 나의 의지와는 아무 상관이 없이 이루어진다.

젊었을 적 직장에 다니면서 가끔 인용하였던 글귀가 있다. 인생은 B에서 시작하고 D에서 끝난다고 한다. B는 Birth, D는 Death를 의미한다. 중간의 C는 Choice이다. 즉 C는 우리의 의지가 반영될 수 있는 구간이다. 우리는 태어나면서부터 죽는 순간까지 선택하면서 살아야 한다는 것을 강조하고자 하는 말일 것이다. 하나하나의 선택들이 나의 인생을 결정하게 된다.

살아오면서 아내는 이따금씩 자신의 선택 중에서 잘한 선택이라고 생각했던 것들을 이야기하곤 한다. 예를 들자면 교회를 다니게 된 것이라든지, 자동차를 운전하게 된 것은 너무나 중요하고 잘한 선택이라고 생각하고 있다. 만약 다른 선택을 했다면 아마 인생이 달라졌을 수도 있는 중대한 것들임이 틀림없을 것이다.

일반적으로 여자는 태어나서 결혼하기 전까지는 부모님 그늘 아래서 산다. 결혼하고는 남편하고 살고, 노후에는 아들, 며느리와 함께 살아간다. 여기에서 부모님과 만나는 것과 또 아들, 며느리와 만나는 것은 나의 의지와는 별개로 어쩔 수 없는 천륜이다. 다만 결혼하여 죽을 때까지 계속 살아가야 할 남편은 나의 선택이다. 배우자의 선택이야말로 그 무엇으로 설명할 수 없을 만큼 중요하다. 다른 어떠한 선택의 잘못도 다 지워버릴 정도이다.

결혼이라는 가장 중요한 결정을 하고 살아가는 우리는 우리들의 선택을 어떻게 평가하고 있을까? 죽었다가 다시 태어난다면 지금의 남편과 다시 만날 의향이 있는지 아내들에게 물었다. 보통의 아내들은 현재의 남편과는 절대 만나지 않겠다고 하는 것이 일반적인 답일 것이다. 그렇다면 남편들은 어떨까? 다른 여자하고 결혼할 수 있었는데 그 여자를 포기하고 현재의 아내와 결혼한 것에 대해서 불쑥불쑥 한숨까지 내쉬며 후회할 때가 있다. 나는 아니지만 내 친구도 그랬다.

몇 해 전 TV를 통해서 영화 「님아, 그 강을 건너지 마오」를 보았던 기억이 있을 것이다. 시청자들은 큰 감동을 받았다. 극히 흔치 않은 이야기이기 때문이다. 워낭 소리 들리는 시골의 풍경과 어우러져 노부부가 살아가는 모습은 아름다움을 넘어서 경이로 웠다. 곱게 물들어가는 황혼의 모습이었다. 도저히 우리는 도달할 수 없는 경지이지만 그래도 우리 역시 품위 있는 노년이 되고 싶다. 내 아내의 가장 중요한 선택이 그토록 부정적이지만은 아니기를 바라면서 앞으로 남은 시간을 우아하게 꾸며 보고 싶다.

전에는 잘 하지 않던 청소도 하고, 설거지도 해본다. 무거운 짐이 있으면 얼른 내가 나른다. 아내가 도움을 요청하면 스프링이 튀기듯 달려가 본다. 오늘 아침만 해도 내가 과일도 깎고, 깻잎도 가지런히 정리하고, 마늘 꽁지도 다듬었다. 이렇게 나는 내가 버거울 정도로 노력하고 있는데, 아내는 내가 변해가고 있다는 것을 느끼고 있을까.

뜬금없이 나는 아내에게 장인, 장모님 산소에 갔다 오자고 했다. 돌아가시고 나서 한 번도 가지 못했으니 거의 20년 가까이 되어간다. 이것은 분명 내가 나이지 않은 행동이다. 6시간이 넘게 달리고 나서야 불국사 석굴암이 있는 경주 외곽의 공원묘지에 도착했다. 산언덕 거의 꼭대기에 묘소를 물어물어 찾았다. 산소를 대충 정리하고, 한 다발의 꽃을 안겨드렸다. 8월의 강렬한 태양이 머리 위에 내리쪼이었다. 장인 장모의 묘소 앞에 나는 아주 오랜만에 무릎을 꿇고 엎드렸다.

눈에 많이 익은 백발의 한 노인이 무릎을 꿇고 있는 모습이 아내의 눈에 들어왔다.

👣 우리가 이 세상에 머무르는 까닭

갑자기 지은이가 찾아왔다. 보고 싶지만 그렇다고 내가 전화해서 만나자고 할 수 있는 그런 관계는 아니다. 6개월 전인가 한번 와서 식사하고, 오늘 갑자기 과일 상자를 들고 찾아왔다. 아! 그러고 보니 추석 즈음이라서 인사차 온 모양이다.

지금부터 4~5년 전 지은이가 대학 3학년일 때 우리 가게에 아르바이트 광고를 보고 찾아왔다. 6개월만 근무하기로 하고 채용했는데, 2년간을 근무하고 다른 회사에 취직하여 그만 떠났다. 떠나던 날 우리는 울었다. 지은이가 먼저 울고, 우리도 따라 울컥했다.

그녀의 집은 우리 아파트에서 멀지 않은 곳에 있어서 퇴근할 때는 같이 차를 타고 갈 때가 많았다. 추운 겨울에는 거리가 2~3km밖에 되지 않아서 자동차 의자가 막 따뜻해질 때면 지은이는 내려야 했다.

"엉덩이가 이제 따듯해지는데 내려야 하겠네요."

그녀는 깜찍한 인사를 잊지 않았다.

요즈음을 살아가면서 우리 70~80세대들은 급속하게 변해가는 생활방식 속에서 점점 이방인이 되어 간다. 고속도로 휴게소에서 점심 한 끼 해결하려고 하다 결제를 못해 절절맸던 기억이 있다. 카페나 슈퍼마켓에서도 모든 주문이나 결제를 내가 직접 기계를 조작해서 해야 한다. 그러다 보니 조그마한 가게를 운영하는 데에도 우리 세대들은 어려움이 한둘이 아니다. 우리가 어려움이 있을 때마다 지은이가 모든 것들을 해결해주었다.

요즈음 나이 한 살 차이에도 세대 차를 느낀다는데 우리를 대하면서도 항시 표정이 밝았다. 그러고 보니 외할머니, 외할아버지를 모시고 산다고 했다. 내가 무얼 하나라도 주면 할아버지, 할머니 가져다드리겠다고 하던 착한 아이였다. 얼마 안 되는 봉급을 받으면 동생들을 위해서도 이것저것 챙겼다.

젊은 세대들의 인간관계는 아무래도 우리와는 엄청 다르다. 아무리 허물없다 하더라도 젊은 사람에게는 조심하여야겠다고 생각했다. 과거 우리가 함께 근무하던 시절에는 가끔 껴안는 인사를 스스럼없이 했다. 그러나 이번에는 허깅(hugging)하는 것을 피하고 두 손만을 잡아주었다. 그녀는 20대 후반의 한층 예뻐진 모습으로 아무 거리감 없이 다가와 주었으며, 사랑스러운 눈길로 나를 편하게 하여주었다.

반가웠지만 다른 일정이 있는 것 같기에 우리는 짧은 대화만 나누고, 헤어져야 했다. 작별 인사를 하면서 그녀는 나를 꼭 껴안아 주었다. 조금 전의 나의 우려는 괜한 기우였음을 깨닫게 하였다. 그녀가 돌아가고 나서도 한참이나 그녀의 따뜻한 정이 느껴졌다. 어쩔 수 없이 나는 지금 삼류 연극배우가 되어가고 있다.

절대자는 부조리한 세상을 만들어 놓고 우리 인간을 끝없는 고통 속에 머물게 하였다. 병마에 시달리고, 굶주림에 시달리고, 심지어 피비린내 나는 전쟁에 시달리는 그런 처참한 무대에 우리는 내팽개쳐졌다. 그뿐만 아니라 하나같이 모든 종교에서는 불쌍하고 힘없는 우리 피조물들에게 무엇을 그리도 잘못했다고 회개하고 또 회개하고, 그리고 끝없는 용서를 빌라고 강요한다. 그리하여 오늘을 사는 많은 시지프스들은 이 순간에도 무거운 바윗돌을 언덕 위로 들어 올려야만 한다.

그러나 절대자는 인간 세상에 사람과 사람 사이를 오고 갈 수 있는 '정과 사랑'이라는 마약을 만들어 놓았다. 그리고 우리 인간으로 하여금 가끔은 마약에 취하게 한다. 정과 사랑이라는 마약은 우리가 세상과의 끈을 놓지 못하게 한다. 오늘도 나는 그런 마약에 취했다.

🦶 아름다운 동행

어린 시절 우리 세대 대부분이 지독한 가난 속에서 허덕이었다. 일제는 악랄한 수탈로 우리나라의 모든 물자를 탈탈 털어갔다. 입도선매까지 강요당한 농촌은 처참하게 황폐화되었으며 일제 말기에 이르러서는 전쟁물자 부족으로 심지어 우리의 놋 밥그릇, 수저, 저금까지 거두어갔다. 1945년 어렵사리 해방을 맞이하였으나 해방은 오히려 한 치 앞을 볼 수 없는 혼란의 시간이 되고 말았다. 그리고 6.25 전쟁이 터지고 푸르렀던 조국 강산은 민둥산이 되어 갔다.

전쟁이 끝나고 지독한 이승만 독재와 부정부패로 세계에서 가장 가난한 빈민국으로 살아야 했다. 보릿고개를 수차례 넘겨야 했던 우리의 어린 시절이었다. 어렵사리 학교를 마치고 시작된 직장 생활, 그리고 결혼 생활, 어린 자식들의 탄생은 우리에게 숨 돌릴 틈을 주지 않았다. 그래서 어느 순간 숨을 돌리고 뒤를 돌아보니

40대 후반이었다.

40대 후반 50대의 언저리에서 이제 사회적으로나 경제적으로 어느 정도 안정기에 접어들었던가 보다. 매년 책의 발간과 동시에 이상문학상 작품집과 관심 있는 몇 권의 책들도 샀다. 그중의 하나가 세계적인 자선 사업가 J.D.록펠러(John D. Rockefeller)에 관한 책이였는데, 그에 관한 글을 읽으면서 무언가 알 수 없는 가슴 뭉클함을 느꼈다.

이 당시 불우 이웃 청소년들이 왕따를 당하고 극단적으로 행동하는 경우가 종종 발생하여 사회문제가 되었다. 언론에서도 여러가지 이야기들을 쏟아내고 있었다. 마침 나는 직장에서 실시하는 직무 교육을 받고 있었는데 강사 한 분이 그 이야기를 꺼냈다. 중고등학교 학생에게 월 3만 원이면 불우 청소년인지 아닌지 표시 나지 않게 학교생활을 할 수 있다는 것이었다. 무엇보다 내 아이가 잘되기 위해서는 주변의 아이가 잘돼야 한다는 강사님의 이야기가 '록펠러의 이웃 나눔'처럼 내게 큰 자극이 되었다. 나는 당장 우리 애들에게 혹시 너희들 반에 불우한 학생이 있느냐고 물었지만 모른다는 답변이었다.

그때 나는 KT&G 연수원장을 하고 있었는데 마침 연수원에 고향장학회가 있어 불우 청소년들을 돕고 있었다. 당장 가입하고 월 5만 원을 기부했다. 1년 뒤 연수원을 떠나게 되었는데, 떠나는 날 이임사를 하면서 내가 퇴직할 때까지 장학금을 보내겠노라고 혹시 변할지 모르는 나의 마음을 붙들었다.

이후 부여에 있는 고려인삼 창장에 부임했다. 부임하자마자 직원들 대상으로 불우 이웃 돕기에 동참할 사람을 모집하였는데, 의외로 많은 직원이 기꺼이 동참해주었다. 부여군청에 의뢰하여 불우 청소년 명단을 받았다. 70여 명 전원에게 우리 직원과 결연을 하고 월 3만 원씩 지원했다. 직원들은 그들 가정으로 학생들을 초청해서 식사도 같이하는 경우까지 생겼다. 내가 도왔던 부여 정보고등학교 학생은 나의 사무실로 찾아와서 고맙다는 인사까지 하고 갔다. 그 학생은 3학년 때 학생회장까지 하여 나를 기쁘게 했다. 내가 그곳을 떠나고도 불우 이웃 돕기는 상당 기간 지속되었으나 지금은 어떻게 되었는지 25년이 넘은 이야기가 되었다.

얼마 전 이수영 광원산업 회장의 인터뷰 기사가 굉장히 마음에 와닿았다. 어떻게 KAIST에 766억을 기부하셨습니까? 하는 기자의 질문을 받고서 그가 하였던 답변은 내 마음에 큰 울림을 주었다. "주워 봐!" 오로지 세 글자이다. 무슨 말이 더 필요할까. 무슨 설명이 필요할까. 자기가 헌금한 돈이 이 세상을 위해 값지게 쓰이는 것을 보는 것은 무엇과도 바꿀 수 없는 기쁨이다.

나는 20여 년 전 3만 원의 위력을 보았다. 거의 처음으로 남을 위해 얼마간의 돈을 기부했던 우리 직원들이었다. 남을 위해 자기 스스로 기부한다는 것은 그리 흔한 일은 아니다. 그들은 착하고 선한 마음으로 나의 제안을 받아들여 아낌없이 불우 청소년을 돕는 데 동참했다. 받는 쪽도 감사함을 느끼겠지만, 처음으로 기부를 경험한 그들이 오히려 기뻐하고 행복해하였다. 자기가 지원한 학생들이 학교생활 잘하고 졸업을 하였을 때 그들은 가슴 뿌듯함을 느꼈다. 우리 직원들은 회사 일에도 적극적으로 임하였다.

살아가면서 누군가로부터 어려웠을 때 지원을 받았던 경험이 있는 사람은 그 고마움을 쉽게 잊지 않는다. 그들은 또 다른 선행을 이어간다. 그때 결연하였던 70여 명의 청소년들도 분명 선행을 베풀고 있을 것이다. 아! 지금 그들은 어느 하늘 아래서 꿈을 가꾸어 가고 있을까. 잊히지 않는 그들과의 아름다운 동행이었다.

🐾 수레바퀴 아래서

1. 시간이 멈추어 버린 마을

버스가 다니는 도로에서 오솔길 따라 7~8km를 걸어 들어가면 마지막 끝자락에서 20여 채의 초가집들이 산기슭에 옹기종기 자리하고 있다. 이곳이 우리 마을로, 3면이 산으로 둘러싸여 있는 산골 마을이다. 내가 중학교 다닐 당시만 해도 30리 밖에 5일장이 서던 송정리, 영광, 함평은 이곳에 사는 사람들의 세상 끝이었다. 그 이상 밖으로 나가보지 못하고 어쩌다 들른 보부상들이 바깥세상 소식을 찔끔찔끔 전했다.

여름이면 나는 학교에서 돌아와 홀태를 설치하고 보리를 훑기 시작했다. 훑어진 보리는 볕에 말리고, 다 마르면 도리깨질을 해서 낟알을 만들어 가마니에 담는다. 저녁에는 식사를 마치고 온 식구가 디딜방아로 보리방아를 찧었다.

보리를 베고 난 논에는 이제 모심기를 해야 했다. 논은 다섯 마지기인데, 다랑이는 17개나 되었다. 요즈음 같으면 경지 정리를 하여 일이 훨씬 편했을 테지만, 다랑논을 관리한다는 것은 경지 정리된 논보다 몇십 배 힘이 들었다. 벼농사를 짓기 위해서는 우선 논을 갈고, 물을 댄 다음 논두렁 둑을 만들고, 가래질을 치고 나서 모심기를 한다. 모심기 이후에도 김매기, 논두렁 풀베기, 농약 주기, 물 대기 등 모두 손으로 해야 하는 작업들이 끝이 없다.

가을은 수확의 계절이다. 모심기는 동네 사람들과 같이했지만, 추수는 모두 우리 식구들끼리 해야만 했다. 벼를 베어 논바닥에서 말린 뒤 지게에 짊어지고 집으로 옮겼다. 옮긴 벼를 차곡차곡 쌓아 낟가리를 만들고, 겨우내 홀태에 훑어서 말린 다음 보리방아처럼 디딜방아에서 찧었다. 가을에 추수는 벼뿐만이 아니고 콩, 팥, 옥수수, 무, 배추 등 수없이 많았다.

마을 공동묘지가 있는 산비탈에 목화밭이 있었다. 목화는 초겨울이 다 되어야 수확을 하였는데 초겨울 바람이 꽤 세찬 언덕에 하얗게 목화꽃이 피었다. 더 중요한 일들을 하느라 목화밭에는 해 질 무렵에야 갔다. 주변에 공동묘지가 있어서인지 항상 을씨년스러웠던 기억만 남아 있다.

노령산맥에 막힌 겨울 찬바람은 엄청난 눈을 내렸다. 눈이 소리 없이 내리는 밤이면 아랫집 사랑방에서는 남정네들이 새끼 꼬고, 가마니 짜고, 우리 어머니는 밭에서 따온 목화로 물레를 돌리고, 실타래로 베틀에서 베를 짰다. 어머니는 거의 혼자서 그 많은 일을 해냈다.

그 당시 우리 마을은 거의 모든 것들이 자급자족으로 이루어졌으며, 석기와 철기가 혼재된 문명에서 아직 벗어나지 못한 생활이었다. 맷돌, 확독, 절구통, 연자방아, 디딜방아가 주요 생필품이었으니 반쯤은 석기시대에 발을 담그고 있었다. 우리 마을은 고려시대나 별반 다름없는 그런 마을이었다.

2. 할아버지의 장례식

할아버지는 유년 시절 증조할아버지를 따라 나주군 노안면에서 우리 마을로 이사를 왔다. 증조할아버지의 다른 형제도 같이 왔다. 나는 증조할아버지에 대한 것은 전혀 알지 못한다. 그러나 두 분 모두 대단했던 것 같다. 우리 할아버지 대(代)에는 우리 마을이 속해 있는 리(里)의 농지 15%가 할아버지들의 것이었다고 하면 조금 과할지는 모르겠다. 할아버지들의 실력도 대단했다. 우리 할아버지는 한학에 꽤 조예가 깊었으며 할아버지의 형님은 타지에서 오셨지만, 이곳의 면장이 되셨다. 심지어 일본어를 모르는 사람이 일제시대 면장이 되었다.

지금도 우리 면에는 꽤 큰 저수지가 있는데, 바로 이 할아버지가 면장으로 계시던 시절 만든 것이다. 면장 할아버지는 저수지 조성을 위해서 막대한 돈을 확보해야 했다. 저수지는 둘레 길이가 4km는 족히 된다. 지금이야 별것이 아닐 수도 있으나 그 당시로는 대단한 돈이다. 어느 날 갑자기 통역으로 우리 아버지를 대동하고 서울로 올라가 조선총독부로 가서 저수지의 필요성을 역설하였단다. 거기서 결정권이 있는 국장 정도를 만난 것 같다. 일본어를 사용하지 않았는데도 일본 관리들이 깍듯이 대할 정도로 할아버지는 당당했다고 아버지는 늘상 이야기했다. 그때 받은 예산으로 우리 면에 저수지를 건설하였다.

6.25가 막 끝나고 내가 국민학교 2학년쯤 되었을 때 우리 할아버지가 돌아가셨다. 할아버지는 꽤 학식이 높은 유학자이셨기에 장례식 절차가 매우 복잡하였으며 5일장을 치렀다. 상여가 나가는 날 상여 맨 앞에는 재(嶺) 너머 봉선 아저씨가 요량을 들었다. 머리는 상고머리이고 곱사등이었던 아저씨는 가신 분을 기리고 유족들을 위로하는 소리를 무척이나 애달프게 노래했다. 상여가 나갈 때마다 요량잡이는 봉선 아저씨였기에 내가 성장하여 다른 곳에서 신체 건장한 요량잡이를 보면 도무지 실감이 나지 않게 되었디.

간다. 간다. 나는 간다.
북망산천으로 나는 간다.
어 허이 어 허이 어 허야 어 허이

저승길 멀다 드니

대문 밖이 저승이네
어 허이 어 허이 어 허야 어 허이

　화려하게 장식한 꽃가마가 상엿소리에 맞추어서 한 발짝, 한 발짝 움직여 가고, 울긋불긋한 수많은 만장(輓章)은 바람결에 나부꼈다. 우리 꼬마들까지 상복을 입었고 어른들은 짚신에 두건을 쓰고 지팡이를 짚고 허리에는 새끼를 둘렀다. 여자들은 머리에 수건을 쓰고 새끼를 둘렀던 것 같다. 죄지은 자식들은 고개를 들지 못하고 뒤를 따랐다. 유교식 절차에 따라 진행되는 엄숙하고 장엄한 행렬이었다.

　산소에서의 모든 절차를 마치고 집으로 돌아와서는 혼령을 모시는 영호(靈戶)를 만들고 신주를 모셨다. 그나마 다행인 것은 36년간의 일제 강점기와 이제 막 끝난 6.25 전쟁으로 어느 정도 유교적인 색채가 엷어졌기에, 3년간 묘소가 있는 곳에서 움막 생활은 면하게 되었다.

　초우제, 재우제, 삼우제가 치러지고 난 후 마지막으로 할아버지의 딸들인 고모님들까지 모두 가시고 다시 우리 마을은 6.25가 할퀴고 간 가난한 시골 마을로 돌아왔다. 그러나 지금까지는 있는 듯 마는 듯하던 할아버지의 존재는 끝이 아니고 이제 시작이었다. 3년 동안 위패를 모시는 영호에 매일같이 밥상이 차려졌다. 아무렇게나 차리지 않고 새롭게 밥을 지어서 올려야 했으며, 매월 초사흗날은 제사상이 차려지고 어른들이 모두 참석하는 제를 올렸다.

제사는 절차에 따라 지내고 마지막으로 곡(哭)소리를 반드시 내야 한다. 이승을 떠나 저승의 안녕을 기원하는 절차이다. 보통 '아이고 아이고'라고 알고 있으나 정확한 소리는 오회(午會)이다. 12지(支) 중 오(午)는 저승길의 첫 번째이다. 낮(자축인묘진사)과 밤(오미신유술해)이며, 낮은 이승이며 밤은 저승이다. 남자들은 대충 1~2분 정도 '아이고 아이고' 하다가 끝내버리는 게 상식이다. 그러나 여자들에게는 곡소리는 조금 다르다. 만약 1~2분 하다가 그치면 성의가 없다고 당장 말이 돌게 된다. 연기력이 전혀 없던 우리 어머니도 억지로라도 울어야 했다. 우리 어머니 같은 사람들에게는 고통스러운 절차이었다.

할아버지가 살아 계실 동안은 물론 돌아가시고도 할아버지의 위패 앞에서 우리는 유교적 관습에서 벗어나지 못했다. 할아버지의 완고한 유교적 사고는 살아생전뿐만 아니라 돌아가시고도 온 집안에 가득하였다. 외지에서 손님이 오시면 영호로 먼저 안내되었다. 혹시 선물이라도 가지고 오면 영호에 먼저 차려놓았다. 그 다음에서야 손님과 서로 인사를 나눈다. 할아버지는 집안에 가장 큰 어르신으로 아직도 존재하고 계신 것이다.

3. 아버지의 학창 시절

아버지의 어린 시절은 내가 잘 모른다. 소학교(초등학교)는 우리 마을에서 6km 정도 떨어져 있는 삼도소학교를 다녔다는 것밖에 알지 못한다. 그러나 소학교를 다니면서 꽤 뛰어난 학생이었던 것은 확실하다. 소학교를 졸업하고 광주에 있는 광주고등보통학교(光州高等普通學校)에 진학을 한다. 그 당시 광주고보는 한 개 군(郡)에서 신입생이 1년에 몇 명 안 되는 최고의 학교였다. 우리 모두가 알고 있는 광주학생독립운동을 주도하였던 학교이다. 이웃 마을에 육촌 형이 이 학교에 다니고 있었기에 당연한 것처럼 지원했을 수 있을 것이다. 어찌했건 이 산골짝 마을에서 두 명이나 광주고보를 다닌다는 것은 대단했다. 그러나 다음 사실을 알게 되면 더욱 깜짝 놀랄 것이다.

육촌 형의 이름은 김광용이고 우리 아버지는 김채용이다. 김광용은 상급생이고 우리 아버지는 하급생이었다. 광주학생독립운동은 3.1운동, 6.10만세 운동과 더불어 전국적으로 일어난 항일운동이다. 김광용은 1926년 장재성 등과 함께 비밀결사체 성진회를 조직하여 활동하였으나 일부 내통자가 있어 해체하고, 다음 해에 독서회를 결성하고 전국적으로 확대해나갔다.

활동 사항에 대해서 내가 알고 있는 것이 별로 없다. 다만 일부 자료를 찾아보면 성진회나 독서회 활동 명단 맨 앞 단에 이름이 나올 정도로 중심인물이었던 것 같다. 그 당시 재판에서 3.1운동의 손병희 선생보다도 더 과중한 형벌을 받았다. 그때 받은 고문 때문에 정신이상으로 온전한 생활을 하지 못하고 가난에 찌들어 살았다. 각종 광주학생독립운동사나 당시 신문 기사에 이름이 나오는데도 국가에서는 오랫동안 방치했었다. 자손들은 학교 교육도 제대로 받지 못했다. 돌아가시고 30여 년이나 지나고 나서야 독립유공자(건국훈장 애족장)로 추서되었다.

　나의 아버지는 하급생이었기 때문에 주동자는 아니고 형들의 심부름 정도나 했을 것이다. 광주고보 다닐 때 아버지는 유도부 학생이었기 때문에 다른 학생들 못지않게 참가했을 것이다. 어머니의 이야기로는 학생운동 당시 아버지는 돌담을 번쩍번쩍 넘나들었다고 한다. 아버지의 젊은 시절 사진을 보면 키도 크고 꽃미남이었다. 그러나 화려하게 핀 꽃은 빨리 진다.

4. 아버지의 결혼

　아버지는 중학교에 진학하여 유도부에 들어갈 정도로 활기차고 발랄한 학교생활을 했다. 일제 통치에 반대한 데모대열에 서서 통치 반대를 외쳤다. 그러나 그 당시 겨우 중학교 저학년이었던 아버지는 할아버지 그늘에 갇혀 있을 수밖에 없는 나이었다. 이 나이 때에는 부모가 하늘이고 전부이다. 일반적으로 부모들은 자식이 잘되기를 빌고 또 빈다. 그러나 그렇지 않은 부모도 얼마든지 있다. 조선 시대 왕 중에서 가장 무능하고 못된 왕을 꼽으라면 고민할 것도 없이 조선 16대 왕 인조일 것이다. 부모가 자기의 힘을 이용해서 자식에게 가차없는 형벌을 내릴 수 있는 것이 인간이다. 물론 인조만 그랬던 것이 아니고, 다른 왕도, 또 다른 일반인도 그런 사람이 있다.

하필이면 우리 할아버지도 그런 사람이었다. 이제 막 중학교에 입학한 아버지에게 결혼하랬단다. 그 어린 나이에 할아버지는 너무 무서운 존재였다. 말 한마디 못 하고 하라는 대로 하여야 했다. 상대는 송정리에서 꽤 유명한 한약방 집 둘째 딸이었다. 부자이기 때문이었다. 여기에 할아버지의 의도가 숨어 있었다. 결혼 상대가 어떤 사람인지는 고려대상이 아니었다. 군 소재지에서 가장 잘나가는 한약방 집 둘째 딸이면 된 것이다. 결혼 전까지 당사자들은 한 번도 보지 못하고 결혼을 했다. 과거에는 대부분 그랬다고 하지만 광주고보까지 다니는 학생이다. 아직 결혼을 생각해보지도 않았던 것이다. 오히려 무서웠을 것이다. 중학교 저학년인 어린 소년에게 무엇이 그렇게 급했는지 결혼의 굴레를 덮어씌웠다. 그때 아버지는 어떤 심정이었을까?

우리 어머니에 대해 나쁘게 쓸 생각은 없다. 그러나 그 당시 잠시 아버지의 입장으로 돌아가 생각해보자. 어머니의 아버지도 좀 대단한 분이었던 것 같다. 어머니가 그토록 학교에 보내달라고 떼를 써도 결국 소학교 문 앞도 가지 못하게 하고, 집 안의 모든 일을 시켰다. 가난했으면 또 이해할 수 있다. 그러나 굉장한 부자였다. 어머니는 학교에 다니는 동생에게 모든 심부름을 다 해주고 겨우 한글을 터득했다고 돌아가시기 직전까지도 한스러움을 안고 말씀하셨다. 어찌했건 아버지의 결혼 상대가 학교라고는 가보지도 못한 아가씨였다. 키는 시골 사람치고도 조그마하고, 머리는 곱슬머리였다. 당시 아버지는 15살이고 어머니는 18살이었다.

할아버지에게 여자는 무엇이었을까? 인격을 가진 인격체로 보았을까? 할머니는 조금 일찍 돌아가셨다. 내 기억에는 없고, 아마마흔을 갓 넘겨서 돌아가신 것 같다. 상처하고, 어느 날 노안면을 다녀오시는 길에 같은 면에 있는 한 마을을 지나다 젊은 여자를 보았다. 결혼한 유부녀이었지만 불문곡직하고 데려와 버렸다. 권세가 꽤 대단했나 보다. 그녀의 남편은 펄펄 뛰며 난리를 피웠을 것이다. 그러나 돌이킬 수는 없었다. 그것이 여자를 보는 할아버지의 시각이었다.

5. 두 공룡의 대결

친할아버지와 외할아버지는 두 분 모두 대단한 한학자로 한약 방을 하고 계셨다. 조선시대 글깨나 읽는 선비들의 고집이 어떤지 모두 다 짐작이 갈 것이다. 아버지의 결혼은 할아버지의 원대한 계획에 따른 것이었다. 할아버지는 우리가 사는 마을의 대부분 논밭을 가지고 있었으며, 머슴들을 2~3명 거느리고 있었다. 할아버지는 철저한 장자 우선주의자였다.

대부분의 논밭은 장자에게로 갔고, 차남인 우리 아버지에게는 어머니의 말에 따르면 찬물이 나는 산골짜기 논 세 마지기를 주었단다. 보통의 할아버지들은 아들딸보다도 손주들을 더 사랑한다.

할아버지에게는 장손자가 그토록 귀엽고 또 귀여웠다. 좋은 논과 밭은 장손에게 주어야 한다며 모조리 큰아버지의 재산이 되었다.

후일의 이야기이지만 큰아버지 집은 여름에도 쌀이 섞인 밥을 먹었지만 우리는 죽도 못 먹고, 어머니는 우물가에서 하혈하고 정신을 놓아버렸다. 핏기없는 나는 얼굴에 버짐이 가득했다. 버짐이 생기는 원인은 다양하지만 영양이 부족하여 주로 생긴다. 우리는 매년 춘궁기를 그렇게 보냈다.

아들 장가를 보낸 할아버지는 드디어 자신의 계획을 실천에 옮겼다. 아버지를 처갓집으로 내쫓은 것이다. 밥값은 물론 학비 한 푼도 주지 않았다. 외할아버지는 엄청난 부자였다. 그러나 약간의 사정이 있었다면 있었다. 우리 아버지 또래의 외동아들이 있었는데 하라는 공부는 안 하고 못된 짓은 다 했다. 외할아버지가 돌아가시자마자 순식간에 도박으로 모든 재산을 날려버렸다. 외아들을 학교에 보내지 않는데 사위를 보낸다는 것은 이치에 맞지 않았던 모양이다. 그리하여 아버지는 여기서도 거부당했다.

지금 같은 시국이면 아르바이트라도 했겠지만 갈 곳이 없었다. 몇 년만 학교에 보내서 졸업만 시켰더라면 양쪽 집안에 자랑이 될 터인데, 두 분 다 빤히 보이는 것을 포기하고 끝없는 자존심 싸움만 하였다. 아버지 나이 겨우 열대여섯이었다. 어떻게 하라는 말인가. 학교를 포기하고 시골 골짜기로 돌아올 수밖에 다른 방법이 없었다.

우리 할아버지는 여기서 그냥 물러설 분이 아니었다. 결혼한 우리 어머니를 불러들이지 않았다. 어머니는 결국 결혼하고 친정에서 살아야 했다. 1~2년에 끝나지 않고 장장 3년의 세월이었다.

6. 수레바퀴 아래서

우리 마을은 지금도 시골 중의 시골이다. 그 당시에는 얼마나 고즈넉했겠는가. 읽어볼 책이 있는 것도 아니고, 신문이 들어오는 것도 아니고, 외지에 나가보라고 용돈을 받을 처지도 아니었다. 시간이 멈추어버린 그 고즈넉한 마을에서 아버지는 한없이 표백되어갔을 것이다. 장손자를 위해서는 이것도 주고 저것도 주고 싶은 할아버지는 다 꺼져가는 작은 아들(우리 아버지)은 어째서 안중에도 없었을까? 이왕 결혼했으니 아내라도 데려와서 같이 의지하도록 하면 분이 안 풀려서였을까?

같이 공부를 하고 같이 유도를 하고 같이 항일운동하며 거리를 뛰쳐나갔던 친구들은 지금도 그곳에서 같이 수업을 받고 운동도 하며 어울리고 있을 터인데, 아버지는 감당할 수 없는 무거운 수레바퀴 아래서 짓눌리고 또 짓눌리고 있었다. 얼마나 분하고 답답했을까. 이러지도 저러지도 아무것도 할 수 없는 이 답답한 현실에서 아버지는 무엇을 생각했을까.

같은 동리(洞里)에 같은 나이 또래의 친구가 둘이 있었다. 이들과 종종 만나서 어울리는 것이 그나마 위안이었다. 한 분은 육촌 동생이었는데, 두 분 모두 꽤 똘똘한 친구들이었다. 아버지는 여태껏 할아버지에게 거슬린 행동을 한 번도 안 했다. 할아버지가 지시하면 지시하는 대로 따를 뿐이었다. 그러나 이토록 철저하게 나락으로 떨어진 지금 자기 스스로 발버둥을 쳐서라도 이 한없이 처참한 굴레를 벗어나야 한다고 생각했다.

아버지는 처음으로 할아버지의 울타리에서 벗어나고자 탈출을 꿈꾸기 시작하였다. 그들은 상당한 기간 모여서 상의하고 여러 가지 준비를 했을 것이다. 일단 목적지는 광주가 아닌 서울이었다. 그들 중 아무도 가보지 않은 곳이었다. 그 어린 나이에, 그 어려웠던 시절에 아무도 아는 사람이 없는 서울로 도망간다는 것이 얼마나 두렵고 걱정스러웠겠느냐. 이 얼마나 절박한 탈출이더냐.

우선 제일 중요한 것은 돈이었을 것이다. 아마 돈은 다른 두 친구가 준비했을 것이다. 아버지는 할아버지의 눈을 속일 만한 어떠한 여지도 갖지 못했을 것이고, 할아버지는 빈틈을 주지 않는 사람이었음이 틀림없다. 어느 날부터 아버지를 비롯한 세 사람은 이 마을에서 더 이상 모습을 드러내지 않았다.

1930년대 서울의 모습은 어떠했을까? 아무도 알지 못하는 서울의 낯선 거리에서 무엇을 할 수 있었을까? 그 당시 시골에서 올라온 사람들이 그나마 할 수 있는 것이라면 지게꾼이었다. 지게를 지고 물건을 날라야 할 것인가. 지게를 지고 똥을 퍼서 나를 것인가. 그나마 인척이 있는 전라도 사람들이 서울에 와서 맨 처음으로 하는 일이 똥을 퍼서 나르는 일이었다. 그러나 그것조차도 하고 싶다고 하는 것이 아니다. 담당구역이 있고 조직이 있다. 그럼 중국집에서 배달일을 할 것인가. 그러나 그들을 기다리는 중국집은 어디에도 없다.

오늘 밤은 어디에서 하룻밤을 보내야 할 것인가. 차가운 밤바람이라도 막아줄 쓰러져가는 헛간이라도 어디 없을까. 아끼고 아꼈던 돈도 모두 떨어지고, 오늘은 어느 거리에서 허기진 배에 무엇이라도 채워 넣을 수 있을 것인가.

고향 시골 마을에서 할아버지의 완고한 통제 아래서 더 이상은 버텨낼 수가 없어서 어떠한 것도 생각해볼 여유 없이 그 그물 밖으로 나왔었다. 그러나 아버지가 용기를 내어 뛰쳐나온 그 바깥세상도 또 다른 질곡일 따름이었다. 몇 년만 더 학교에 다니고 졸업을 했더라면 이러한 처참한 환경은 펼쳐지지 않았을 것이다. 자기 자신이 잘못한 것도 아닌데, 얼마나 공부도 열심히 하고 부지런하고 부모의 속 한번 썩이지 않았는데 할아버지는 왜 아버지를 이런 구렁텅이로 내몰았을까? 하늘 아래 아무 데도 갈 곳이 없다. 옷을 갈아입을 수도, 세수를 할 수도, 목욕을 할 수도 없다. 아무런 희망이 없다. 며칠째 밥을 굶었는지 모른다. 거리의 배고픈 거지일 뿐이다.

운명은 정해진 것일까? 어느 날 그 넓은 서울의 거리에서 그들은 시골에서 사시는 면장 할아버지의 부인을 만난다. 그녀의 앞에 그들은 모든 것을 잃어버린 패배자의 모습이었다. 극심한 굶주림으로 모든 것이 꺾여버린 그들은 어떠한 저항 능력도 없었을 것이다. 그들은 자신의 명줄을 더 이상 끌고 갈 여력이 없었다. 할머니는 아무런 저항도 못하는 이들을 데리고 시골로 내려와 버렸다.

7. 죽지 못하고 사는 세월

옹고집의 할아버지는 도망을 쳤다가 죽다 못해 돌아온 아들에게 어떤 측은지심이 들었을까? 끌어안고 울었을까? 아들이 낯선 서울에서 겪었을 그 지독한 고생을 생각하며 자기의 과거 행동에 대해서 후회해보았을까? 장래가 촉망됐던 아들의 앞길을 막아버린 아버지로서 잘못을 곱씹어 보았을까?

그러나 할아버지에게 이런 사치스러운 연민의 정은 애초부터 없었다. 아들은 물론 며느리까지 불러서 난리를 쳤을 것이다. 어떻게 했기에 남편이 도망치도록 했느냐. 며느리가 잘못 들어와 이 꼴이 되었다. 집안 망신도 이런 망신이 어디 있느냐. 성난 할아버지의 고성은 계속 이어지고 또 이어졌을 것이다.

문화시설이라고는 아무것도 없는 이곳에서 오로지 할 수 있는 것은 농사일밖에 없다. 모든 의지가 꺾여버린 아버지는 모든 것에 의욕을 잃었다. 아버지는 거의 농사일을 거들떠보지 않았다. 좁디좁은 방구석에서 종일 두문불출하면서 멍하니 그렇게 세월을 낚았다. 그런 와중에 또 다른 불행이 비껴가지 않고 연속으로 찾아왔다. 서울까지 같이 도망쳤던 육촌 동생이 젊은 나이로 세상을 떠난 것이다. 패기 왕성하고 당당한 모습으로 그나마 아버지에게 큰 위안이었는데 몹쓸 병으로 아버지 곁을 홀연히 떠났다.

만약 그렇게 일찍 가지 않고 계셨더라면 분명 다시 한번 이 시골을 탈출했을 것이 분명하다. 나보다 더 나이가 많은 형들의 말을 들어보면 그분(우리에게는 당숙)은 대단히 남자답고 통이 커서 우리 집안을 일으킬 분이었다고 회상했다. 아버지는 많은 것을 의지하던 동생을 잃고 완전히 모든 것을 내려놓았다.

답답한 마음의 시간은 정지되어 있는데, 그래도 세상의 시간은 멈추지 않고 흘렀다. 첫아들을 얻었다. 누가 보아도 잘생겼다. 밝은 빛으로 다가왔다. 이제 서서히 오랫동안 주변을 감싸던 어둠이 사라지게 될 것이다. 그리고 다시 일어설 것이다. 그러나 운명은 미리 정해져 있었나 보다. 3살도 되기 전 그는 말할 수 없는 슬픔을 우리 가정에 안기고 홀연히 떠나버렸다. 어머니는 날마다 날마다 묘지의 풀이 남아나지 않을 정도로 움켜잡고 서럽게 울었다. 아버지는 말을 잃어버리고, 다시는 돌아올 수 없는 심연의 구렁텅이로 떨어졌다.

8. 아이들과 함께 수레를 돌리며

일제 강점기와 6.25를 거치는 동안 아버지는 뚜렷한 활동이 없이 세월만 흘려보냈고, 그러는 동안에도 자식들은 커나갔다. 가장 시골다운 시골에서도 우리는 가장 못살았고 버려졌다 싶을 정도로 방치된 우리 형제들은 신문팔이로, 남의 아이들 가르치는 아르바이트로 어떻게 해서 대학에, 고등학교에, 중학교에, 또 국민학교에 다녔다.

이제 아이들의 힘으로 이 가정이 굴러가는 연습이 시작됐다. 좋은 학교에 들어갔고, 자기들끼리 돈을 마련했다. 또한 주변 친척의 도움도 따랐다. 암울했던 기억들이 조금씩 사라지고 아이들의 성장에 따라 아버지는 세상 밖으로 얼굴을 내밀었다. 세상 속에서 사람들 틈에서 호흡하며 함께 걷기 시작했다. 자신 안에 깊숙이 박혀있던 능력도 하나씩 드러냈다. 아버지는 중학교 시절에는 운동도 잘했지만, 글도 잘 써서 교장 선생님의 칭찬도 받았다.

우리가 학교에 다니던 시절엔 일간지 신문의 신춘문예가 대인기였는데, 입상하면 일약 대스타가 되고 많은 사람의 존경과 찬사를 받았다. 아버지는 단편소설 부문에 도전했다. 그것도 가장 인기가 있는 동아일보에 지원했다. 사람들로부터 인정을 받고 싶었다. 간절히 기도했다. 우레와 같은 박수 소리를 들으며 등단하는 꿈을 꾸었다.

이승만은 종신집권을 하기 위해 온갖 부정수단을 다 썼다. 사사오입으로 삼선개헌을 했으며, 3.15부정선거로 4.19가 발발하였다. 전국이 들끓었다. 고등학생 대학생은 물론 종교단체와 시민들도 들고일어났다. 서울대 문리대를 다니던 아들이 데모에 참여하고 안부를 전해왔고, 광주에서 고등학교에 다니던 아들도 광주의 거리를 누비며 목청껏 "이승만은 물러나라!"를 외쳤다. 아버지는 자기의 분신들이 데모에 참여했다는 소식을 듣고 흥분했다. 중학교 시절 광주학생독립운동에서 '일본 타도'를 외쳤던 그 열정이 다시 불타올랐다.

아버지는 지금 서울의 종로에서, 광주의 충장로에서 이승만 타도를 목청껏 외치고 있다. "독재정권은 물러나라!", "이승만은 물러나라!" 아들들이 날마다 전해주는 데모소식을 듣고, 아버지는 붕붕 떠다니며 하늘을 날았다. 드디어 아버지는 수레바퀴 아래서 벗어나 오랜만에 수레바퀴를 굴리고 있다. 참으로 오랜만에.

3

세상 속에서
배우며 깨달으며

. . . . . .

우주는 하나의 거대한 생명체이다.

빛의 속도보다도 더 빠른 속도로

끊임없이 팽창하고 있다.

성장하고 있는지 끝을 향해 가고 있는지

우리 인간이 어찌 알겠느냐.

결정권자의 독단과 오류

국가기관은 물론 일반 회사에서도 어떤 일을 추진할 경우, 최종 결재권자는 주변의 많은 조언을 듣고 취사선택하여 결정하여야 한다. 이를 위해서 무엇보다도 결재 라인의 시스템이 합리적이어야 하며, 결재권자는 독단적이 아닌 열린 마음으로 전문가의 의견을 받아들여야 한다.

그러나 전문가들의 의견이 제대로 반영되지 않고, 무시되는 경우가 종종 발생한다. 이러한 결재권자의 독단으로 비롯된 피해는 가끔 치명적일 수 있음을 우리는 쉽게 볼 수 있다.

챌린저호의 비극

1986년 1월 28일. 온 세계의 이목이 집중된 가운데 우주선 챌린저호가 발사되는 날이었다. 우주선 명칭에서 알 수 있듯이 우주

탐험에 대한 거대한 도전이었다. 어린 학생들에게 도전 정신을 심어주기 위해 특별히 민간인 여교사가 선정되어 승무원 여섯 명과 함께 많은 학생들이 지켜보는 가운데 우주를 향해 솟구쳐 올랐다. 그러나 이륙 직후 불과 73초 만에 하얀 연기를 내뿜으며 폭발하고 만다. 세계 시청자들은 경악을 금치 못했으며 많은 어린 학생들의 마음에 큰 상처를 남기고 말았다.

불행하게도 이렇게 엄청난 재앙은 이미 예견된 일이었다. 충분히 막을 수 있었는데도 제지하지 못하고 그렇게 흘러가고 말았던 것이다. 발사하기 전 챌린저 설계에 참여하였던 모턴 티오콜사의 연구진들은 12℃ 이하에서 '고무 O링'의 안전성을 장담할 수 없다는 의견을 제시하며 발사를 제지하려고 노력하였으나 NASA는 받아들이지 않았다. 마침 그날 온도는 4℃였다. 의사 결정에 영향을 줄 수 있는 위치에 전문 인력이 없다는 것이 안타까울 수밖에 없다. 힘이 없는 위치에서 의견을 올려보아야 무시당하는 것이 일반적이다.

아카시아의 화려한 등장

나는 농업 생명 계통의 학문을 전공했기 때문에 우리 분야에서도 이런 일이 허다한 것을 목격해왔다. 비참했던 6.25 전쟁이 끝나고 우리나라 산야는 벌거숭이가 되어버렸다. 전쟁과 더불어 연료로 사용하기 위해 남벌을 했기 때문이다. 산림녹화가 국정의 주요한 과제가 될 수밖에 없었다.

그 당시에는 외국에 나갈 수 있는 사람은 극히 제한적이었으며, 행정부의 고위 관리들이 어쩌다가 한 번 출장으로 외국에 갈 수 있었다. 그들은 외국의 울창한 숲을 보고, 이러한 수종을 우리나라에 들여와 심으면 산림이 울창하게 될 거라 믿고 위법까지 해가면서 종자를 가져와 심도록 하였다. 기후 풍토 적합성 여부와 번식했을 때 문제점 등을 검토한 후 산지 적응 시험을 거쳐 보급되어야 하지만 그들에게 이러한 절차는 하나의 잔소리에 불과했다.

학계의 반대를 무시하고 정부 차원에서 대대적으로 시행한 사업의 하나로 아카시아를 꼽을 수 있다. 아카시아는 1900년도 초반 우리나라에 들어와 자라기 시작하였으며 겨우 100여 년밖에 되지 않는 수종이다. 그러나 척박한 땅에서도 잘 자라고 뿌리를 길게 내려 다른 식물들이 있는 곳까지 빠르게 번진다. 1972년 박화목 선생이 작사한 동요 「과수원 길」에 등장할 만큼 우리 주변에 흔히 볼 수 있는 수종이다. 1년 만에 크게 자라고 베어버리면 또 금방 자란다. 행정가들이 생각할 때는 기적의 수종인 것이다.

학계에서 아무리 반대 목소리를 내도 소용이 없었다. 이승만 정권 때의 일이니 못할 게 무엇이 있겠는가. 대대적인 사방사업의 일환으로 아카시아를 적극 식재하였으며, 일부 지역에서는 헬기로 공중 살포까지 하였다. 그렇게 하여 우리나라의 대부분 산에 아카시아가 자라고 있으나 다행히 아카시아는 학계에서 우려했던 만큼 그렇게 크게 산림을 헤치지는 않고 관리되는 수준으로 자라고 있다. 요즈음엔 경관뿐만 아니라 밀원 식물로도 중요해지고 있다. 그러나 비록 결과는 나쁘지는 않았더라도 전문가들의 의견이 무시되었다는 사실은 결코 바람직스러울 수 없는 일이다.

여기에서 아카시아 이름에 관련된 이야기를 짚고 넘어가야 할 것 같다. 우리가 아카시아라고 흔히들 알고 있으나 사실은 아카시아가 아니고 아까시나무이다. 우리나라에서 생육하고 있는 이 아까시나무는 북미가 원산지이며 하얀 꽃을 피운다.

반면 아카시아는 오스트렐리아가 원산지이며, 하얀 꽃이 아니고 노란 꽃이다. 아카시아는 한반도에서는 자랄 수 없는 수종이어서 생육하고 있지 않다. 그래서 도입 당시부터 별 관심 없이 이들을 구별하지 않고 이름을 불렀기 때문에 혼선이 오고 있는 것이다.

통일벼계 「노풍」의 저주

우리나라에서는 통일벼가 나오기 전까지 '양석지기 논'이라는 말이 유행이었다. 좋은 논이라는 이야기이다. 가장 좋은 논에서도 벼 두 섬밖에 생산되지 않는다는 뜻이다. '초근목피', '보릿고개'라는 단어가 우리 주변의 친근한 언어였다. 당시 대통령 박정희는 서울 농대 허문회 교수에게 다수확 품종개발을 맡겼다. 남방계와 동북아계 벼는 교배가 되지 않는 것이 그때까지 정설이었으나, 수백 번을 실험한 끝에 1971년 꿈의 벼인 '통일벼'를 개발한다. 벼 품종 명칭을 남방계와 북방계의 교잡이라는 뜻을 담아 '통일'이라고 하였다. 드디어 '보릿고개'라는 용어는 우리 곁에서 영원히 사라지게 되었다. 이를 녹색혁명이라 하며 우리는 동전 50원짜리에 통일벼를 새겨 넣고 길이 기억하고자 하는 것이다.

그러나 문제는 그다음에 있었다. 남방계와 교잡시켰기 때문에 밥이 퍼석퍼석하여 밥맛이 좋지 않았다. 그리하여 밥맛이 좋은 노풍을 개발하게 되었는데 새로운 품종을 개발하면 산지 적응 시험, 병리 시험 등을 거친 후 산지에 보급하여야 한다. 그러나 성과주의에 목말라 있던 관료들은 개발자의 주장도 묵살한 채 병리 시험을 거치지 않고 산지에 보급하고 말았다. 78년도 온 들판에 목도열병이 만연하여 쭉정이 벼가 되고 말았다. 76년 이후 3,800만 석을 생산하던 쌀이 노풍 피해로 3,200만석 생산에 그치며 약 30만 호 농가는 초상집이 되고 말았다. 병리 시험을 생략하고 산지에 내보낸다는 있을 수 없는 일이 발생한 것이다.

동강 난 국립공원 지리산

우리나라 국립공원 1호 지리산은 세계적인 명산이다. 젊었을 적 너무도 아름다운 지리산의 산세에 홀딱 반했었다. 그러나 지금은 무자비하게 산허리를 잘라 정령치(해발 1,172m)까지 횡단 도로를 건설하고, 연간 80만 대의 차량이 오르내린다. 이로 인해 우리 산소 공급의 보고인 지리산은 엄청난 대기오염에 시달리고 있으며, 야생동물의 자유로운 이동을 막았을 뿐 아니라 로드킬도 심각한 수준이다.

전두환 정권 시절 88올림픽 개최 시 외국 손님들을 유치한다는 계획에 따라 산꼭대기까지 잘 포장된 도로를 일사천리로 건설하였던 것이다. 농과대학의 교수들이 나서서 반대의 목소리를 냈지만, 결정권자의 위치에 이르기까지는 너무도 미약했다. 횡단 도로 건설을 온몸으로 막아보려고 노력했던 노교수의 울분에 찬 목소리가 아직도 내 귓가를 맴돈다.

전매청(KT&G)의 자랑스러운 업적

이와 같이 잘못된 행정으로 인한 피해들을 목도해온 이공계 교수들은 전문지식을 갖춘 학생들이 행정부처에 진입해서 행정수행에 도움이 되기를 바랐다. 기술고시가 부활하고 이 시험을 통해 나는 재무부 산하 전매청에 입사하게 되었다. 그 당시 우리나라 농업 재배기술은 지금에 비하여 매우 낙후되었다고 표현해야 할 것 같다. 그러나 전매청은 사뭇 달랐다. 1970년대에는 농작물 중에서 담배 농사가 그래도 괜찮게 소득을 올리고 있었기에 산골 골짜기마다 담배밭이 있었다. 전매청에서는 전국 가장 오지 마을 담배밭까지도 방문하여 현지실사를 하고 경작 지도를 할 수 있는 체계를 갖추고 있었다.

당시 전매청에 근무하던 이부경 박사는 일본에서 멀칭재배에 대해서 강의를 듣고 왔다. 경작 분야를 담당했던 이분은 일시에 전국적으로 멀칭재배를 실시하도록 추진하였다. 일본에서조차 초창기였기 때문에 널리 보급되지 못한 터였지만 우리나라에서는 전국적으로 실시하게 되어 산골 마을마다 비닐이 덮였다. 결과적으로 농촌진흥청이 아닌 전매청이 전국적으로 멀칭재배를 먼저 실시하였으며, 여기에서 습득된 기술은 다른 작물에도 적용되기 시작하였다. 그리하여 우리나라 농가에 엄청난 소득 증가와 품질 향상을 가져왔다.

세계의 어느 곳에서도 이토록 농업에 있어서 빠른 기술 발전을 이룩한 나라는 드물다. 유럽이나 중앙아시아를 여행하다 보면 농사짓는 기술 수준이 지금도 매우 떨어져 있는 것을 볼 수 있다. 물론 우리 방식대로 생각하고 판단해서는 안 되는 부분이 있지만 비좁은 나라에서 소득 증가와 품질 향상은 생존권이 달린 문제이다. KT&G의 자랑스러운 업적으로 길이 남을 만하다.

여기에서 우리가 절대로 간과해서는 안 되는 부분이 있다. 바로 그 당시 결재권자가 이 막대한 모험을 흔쾌히 받아들였다는 사실이다. 결재권자의 바른 판단이 있었기에 이 모든 것들이 가능하였던 것이다. 훌륭한 참모와 훌륭한 결재권자가 만나야 훌륭한 결과를 이끌어낼 수 있는 것이다.

결정권자의 독단이 가져오는 결과는 앞에서 보았듯이 엄청난 피해를 가져올 수 있다. 그러나 이러한 것들은 조금의 주의만 기울이면 충분히 막을 수 있는 것들이다. 엄청난 크기의 우주선에서 조그마한 O링 하나는 무시해도 괜찮을 거라는 행정가적인 착각은 반복되어서는 안 된다. 모름지기 결정권자들은 항상 겸손함이 묻어나야 한다. 전문가들이 의사 결정에 적극적으로 참여할 수 있는 시스템도 마련되어야 할 것이다. 다시는 이런 비극적인 일이 자주 발생하지 말았으면 하고 바란다.

🐾 비유의 착각

대화할 때 또는 글을 쓸 때 좀 더 설득력 있고 생동감 있게 하려면 여러 가지 비유법을 사용한다. 미지의 언어를 이미 알고 있는 언어로 이동시키거나 변화시키는 표현기법이다. 비유법에서 사용되는 보조관념은 원관념을 표현하기 위해서 끌어온 것이기 때문에 양자관계는 반드시 유사성이나 유추 관계가 성립되어야 한다. 그래서 일상어에도 비유법이 없는 것은 아니나 주로 문학작품에서 비유법이 많이 쓰이는 이유이다.

「내 마음은 호수요. 그대 노 저어 오오. 나는 그대의 흰 그림자를 안고 옥같이 그대의 뱃전에 부서지리라.」

나의 마음은 청결한 호수입니다. 이 청결한 호수에 배를 저어 오십시오. 듣는 순간 울림이 크게 다가온다. 다른 방법으로 아무리 내 마음이 청결하다고 설명한들 청결한 호수에 비유한 것만큼

효과가 나타날 수 있을는지 모르겠다. 만약 이 글이 비유법을 사용하지 않았다면 우리의 마음이 이토록 애틋했을까. 나에게는 돌아가신 형님이 대학 다닐 때 늘상 부르던 노래였기 때문인지 더욱 가슴이 아리다.

이처럼 비유법이 문학작품에서 많이 쓰이고 있지만, 일상어에서도 자기의 주장을 가장 극적으로 표현하기 위해서 가끔 등장한다. 특히 정치인들이 정치적인 소신을 관철하기 위해서 비유가 자주 등장한다. 그러나 면밀하게 살펴보면 양자간에는 유사성이나 유추 관계가 없는데도 사용함으로써 착각을 일으키고 있음을 우리는 알아야 한다.

정치인들이 조직을 정비하기 위해서 '곪은 환부는 완전히 들어내야 한다.'라는 비유의 말을 자주 쓴다. 반대파를 숙청하기 위한 수단으로 쓰이는 것이다. 중국의 진시황이 죽자 권력을 거머쥔 승상 이사는 정국을 안정시킨다는 미명 아래 모든 고관과 후궁 및 공자들을 모조리 죽여버린다. 환관인 조고가 후궁들에 대한 처리 방법을 묻자 이사는 이렇게 대답한다. "국가라는 것은 사람의 신체와 같아서 일단 병든 부분은 과감하게 도려내 버려야 건강을 제대로 유지할 수 있는 법입니다." 여기에서 국가 조직의 환부와 사람의 환부가 어찌 유사하다고 말할 수 있을까. 이런 논리에 맞지 않는 소리를 우리도 곧잘 쓴다.

우리가 살아가면서 다음과 같은 격언도 자주 접하게 된다. '오르지 못할 나무는 쳐다보지 마라.' 모처럼 용기를 내어서 어떤 일을 하고자 할 때 주변에서 흔히 들려주는 이야기이다. 지금도 있는 일이지만 우리가 대학시절에는 농촌봉사를 많이 다녔다.

서울에서 내려온 어여쁜 여자 대학생은 상냥하기까지 하다. 지금까지 별문제 없이 잘 지내고 있던 농촌총각이 상사병이 났다. 이런저런 말로 주변에서 말려본다. 이때 여대생은 오르지 못할 나무이다. 어찌 감정을 가진 인간이 나무라고 말할 수 있겠는가. 엄연히 한쪽은 사람이고 한쪽은 식물이다. 서로 비유한다는 것은 말이 되지 않는다. 이거야말로 비유법의 엄청난 착각이다. 그때의 그 농촌총각은 지금 그때의 그 여대생 옆에서 잘살고 있다.

며칠 전 나의 고등학교 동창들이 하는 단톡방에 올라온 글 하나가 있었는데, 자기가 하고 싶은 미지의 언어를 유명한 니묄러의 「처음 그들이 왔을 때」라는 시에 덮어씌워 그럴듯하게 포장시켰다.

처음 그들이 왔을 때 – 방관과 침묵의 대가

마르틴 니묄러

처음에 그들이 공산주의자들을 덮쳤을 때,
나는 침묵했다.
나는 공산주의자가 아니었기 때문이다.

그 후 그들이 사회주의자들을 덮쳤을 때,
나는 침묵했다.
나는 사회주의자가 아니었기 때문이다.

그 후 그들이 노동조합원들을 덮쳤을 때,
나는 침묵했다.
나는 노동조합원이 아니었기 때문이다.

그 후 그들이 유대인들을 덮쳤을 때,
나는 침묵했다.
나는 유대인이 아니었기 때문이다.

그 후 그들이 가톨릭교도들을 덮쳤을 때,
나는 침묵했다.
나는 가톨릭교도가 아니었기 때문이다.

그후 그들이 나를 덮쳤을 때,
나를 위해 말해줄 이들이
아무도 남아 있지 않았다.

인터넷에서 찾아보면 작가 불명의 수많은 사람이 이 시를 도용
하였음을 보게 된다. 이 시가 독자에게 주는 이미지가 워낙 강렬
하기 때문에 시의 뒤에 몇 줄 안 되는 자신들의 글을 덧붙임으로

써, 전체 글이 살아 움직였다.

이렇듯 달콤한 비유의 언어나 인용글들이 가끔은 우리들을 착각 속에 빠져들게 한다.

👣 한강의 기적과 포스트모더니즘

직장생활을 하던 시절 종종 해외 출장으로 여러 곳을 갈 기회가 있었는데 그중에서 가장 인상 깊었던 도시는 태국의 방콕이다. 매력적인 메콩강과 주변의 아름다운 고층 건물을 보면서 어쩌면 저렇게 멋진 건물을 지었을까, 감탄을 금치 못했다.

몇 해 전 전두환 전 대통령의 손녀 전수현이 구설수에 오른 적이 있는데 프랑스의 루이뷔통 건물 사진을 개인 SNS 계정에 올려놓고 너무 멋있지 않으냐면서 서울 시내의 건물들은 성냥갑을 거꾸로 세워놓은 것 같다고 이야기하였기 때문이다. 그러자 댓글이 달리기 시작했는데 아주 재미있고 예리한 글이 있었다. "그렇게 된 것은 너의 할아버지가 그렇게 만든 거야." 처음에는 전 대통령이 그냥 미워서 그렇게 썼나 하고 생각했다. 그러나 그게 아니라는 것을 안 것은 이후로도 오랜 시간이 지나서이다.

세계의 어느 도시와 비교해도 서울의 자연환경은 자랑하고도

남을 만하다. 병풍처럼 둘러쳐 있는 북한산과 도도히 흐르는 한강
은 우리에게 축복이다. 70년대 중반쯤 될까? 나는 옥수동 달동네
에 사는 친척 형과 동력선을 타고 한강을 건너 잠실 쪽에서 낚시
하면서 놀았다. 그때는 이미 모래 채취가 일부 이루어지고 있었던
때라 나는 갑자기 깊은 웅덩이에 빠져 허우적거리다 던져준 낚싯
대를 잡고 겨우 살아나온 기억이 있다.

한강에는 넓은 백사장이 여러 개 있었다. 신익희 대통령 후보
연설 때는 100만 인파가 모이기도 했으며, 80년대 초반까지만 해
도 여름에는 수천에서 수만명이 백사장에 나와 강수욕을 즐겼고
겨울에는 얼어붙은 강에서 썰매를 탔었다.

그토록 순수함을 잃지 않았던 한강이 요동을 치기 시작하였다.
경부고속도로를 건설한 박정희 대통령은 70년대 다핵도시 개발
구상에 주목하고, 강남 개발을 실천하기 위해 선결과제로 한강에
대한 종합대책을 세우기로 하였다. 드디어 전두환 정권은 82년
한강종합개발사업을 입안하게 됨으로써 세기의 건설 사업을 시작
하였다. 이토록 중요한 국가사업이 하필이면 군사정권 하에서 이
루어졌다는 사실이 매우 안타깝다. 신중에 신중을 기하고 모든 사
람들로부터 의견도 경청해야 하는 사업이다. 그러나 상명하복의
문화에 길들여진 군사정권이 사업을 주도한다는 것은 지극히 염
려스럽지 않을 수 없다. 어찌할 수 없는 군대 문화의 한계 때문이
다.

그 당시 우리를 둘러싸고 있는 주변 상황을 살펴보면 포스트모

더니즘이 세계 곳곳에서 광풍을 일으키고 있었다. 1950년 이전부터 조금씩 꿈틀대던 이 운동은 1960년대에 유럽을 휩쓸고, 미국에 히피 문화를 일으킨 후 태평양을 건너 일본에 도착하였다. 포스트모더니즘은 모든 권위와 권력, 국가, 체제, 규범에 반대하였으며, 가장 중요한 모토 중 하나는 "금지를 금지한다"였다.

이는 철학, 예술, 비판이론, 문학, 건축, 디자인, 마케팅/비즈니스, 역사해석, 문화 등 다방면에 영향을 끼쳤다. 특히 우리에게 잃어버린 건축적 아름다움을 돌려주고, 질서와 숨 막히는 도시 속에서 사유하게 해주었다. 경제적 여건이 좋지 않은 태국에서조차 외국 자본의 힘을 빌려 새로운 포스트모더니즘 건축이 소개되었을 정도였다.

반면에 우리나라는 박정희가 5.16 군사 쿠데타를 일으키고 정권을 잡으면서, 30년 넘게 군부 세력이 철권 통치를 하고 있었다. 우리는 주변 세계의 새로운 문화와는 반대로 규제의 연속이었다. 통행금지, 좌측통행, 두발 단속, 치마 길이 단속, 심지어 금지곡이라고 하여 예술 활동까지 통제하였다. 이로써 한강종합개발사업이 진행되는 동안 새로운 문화의 유입은 안타깝게도 철저히 차단되고 말았다.

다음으로는 소통의 문제에 관하여 살펴보고자 한다. 한강종합개발사업은 우리나라 5,000년 역사를 통해서 가장 거대한 국가사업임이 틀림없다. 이러한 사업을 성공적으로 이끌기 위해서는 자금은 물론 많은 자료와 정보, 전문인력 확보 등 철저한 준비작업이 필요하다. 더불어 각 부처 간의 유기적 협조가 잘 이루어져야 하며, 모든 것을 관장해야 하는 컨트롤타워 역할 또한 매우 중요하다. 그러나 전반적인 사업을 군부가 주도함으로써 전문가가 들어설 자리가 없었으며, 전문가의 의견은 번번이 무시당하고 말았다.

박정희 대통령이 국회의사당 돔(Dome)을 올리도록 지시하고, 전두환 대통령은 한강종합개발사업에서 한강 내 골재와 고수부지 활용 방법까지 지시했다. 그 밑 단계에서도 비전문가가 사업을 주도하는 사례가 허다하였다. 당연한 결과로 그토록 심혈을 기울여 건축한 청와대와 국회의사당은 건축 전문가 100인이 뽑은 최악의 건축물 순위 5위와 6위에 선정되었다. 국회의사당은 최고 권력자의 뜻이라며 어정쩡한 돔을 올려놓았고, 청와대는 한옥의 흉내를 낸 시멘트 건물이 되어버렸다.

이렇듯 새로운 문화 유입이 차단되고 전문가들은 제대로 역할을 하지 못 한 채 효율성 제고에만 열을 올렸던 한강종합개발사업은 어쩔 수 없이 아쉬운 결과를 낳을 수밖에 없었다. 개발사업이 종료 된 이후, 한강은 옛날의 정취를 잃어버렸다. 모래사장은 모두 사라지고 추억의 저자도(楮子島)·나루터·송파강은 흔적도 없이 사라져버렸다. 모래와 자갈을 파내버린 한강에 물고기는 더 이상 알을 낳을 수 없고, 우리는 발을 담글 수도 없다. 우거진 갈대숲 대신 성냥갑을 쌓은 듯한 시멘트 건물만 가지런할 뿐이다. 우리의 추억이 깃든 한강은 인간과의 공존을 거부한 채 높다란 제방과 깊은 수심으로 접근을 차단하고 있다.

사실 한강종합개발사업이 시작된 1982년도는 포스트모더니즘이 어느 정도 무르익어가는 중이었기에 이 거대한 사업에 문화를 접목할 수 있는 절호의 기회였다. 그러나 1992년 서태지가 '난 알아요'를 갖고 나올 때까지, 완전 암흑의 시간 속에서 새로운 문화는 차단되고 말았다.

이후 한류 열풍을 타고 싸이(PSY)의 「강남스타일」이 한참 세계를 강타할 무렵 중국의 한 기자가 했던 말이 생각난다. "중국에서 싸이가 태어나려면 100년은 넘게 걸릴 것이다." 굉장히 수긍이 가는 말인 것 같다. 요즈음 K-POP, K-Culture가 세계를 휩쓸고 있다. BTS를 비롯한 우리 젊은 아이돌들이 세계의 이목을 끌고 있다. 이렇듯 문화의 중요성은 아무리 강조해도 부족하다.

여름에는 수만 명이 수영하고, 겨울에는 썰매 타는 모습을 생각만 해도 가슴이 트일 것 같은데, 이제 다시는 정감넘치는 옛날의 한강으로 돌아갈 수는 없다. 강변에서 강수욕하고 모래찜질하는 그런 모습을 상상 속에서나 그려볼 수 있으려는지.

– 한강에서 강수욕과 스케이트를 즐기는 모습 (ⓒ서울시) –

👣 비판적 사고와 행동하는 양심

나는 조그마한 가게를 운영하고 있다. 우리 집안에서 장사한다는 것은 생각지도 못했는데 아내가 가게를 하나 차려주면 우아하게 하겠다고 해서 차렸다. 처음엔 모든 게 어설프고 부족한 게 많았지만, 직원들도 참해서 별문제 없이 지내고 있었는데 2년 지나고 직원 하나가 나가고 새로운 직원이 들어왔다.

그때까지 우리는 매장 밖에 있는 야외 간이화장실을 사용하고 있었다. 화장실 청소는 직원을 시키지 않고 아내가 해서 그때까지 별문제는 없었다. 그러나 새로운 직원이 들어옴으로써 문제가 발생하였다. '간이화장실은 불결하고 비위생적이어서 고객이 불쾌감을 느끼고 다시 오지 않을 수 있으며, 자기는 500m 떨어진 수세식 화장실만을 사용하겠다'는 것이었다. 당장 새로운 수세식 화장실을 설치할 수밖에 없었다. 그런 연유로 새로운 화장실을 만들고 나니 정말 좋았다. 새로운 직원의 지금까지와는 다른 시각 때문에 우리는 기존의 관행에서 벗어나 변화를 가져올 수 있게 된 것이다.

사람들은 스스로가 자율적인 존재라고 생각하지만 우리는 사고나 행동 그리고 삶이 외부의 영향을 받을 수밖에 없기 때문에 완전히 자율적일 수 없다. 그러므로 어떤 것이 옳은지, 그리고 옳다고 생각하는 것이 정말 옳은 것인지 항시 성찰해볼 필요가 있다.

영국이나 미국과 같은 선진국에서는 어릴 때부터 비판적 사고 교육을 정규 과목으로 채택하고 있다. 이러한 비판적 사고가 최근에 일어난 것이 아니다. 원류를 따져보자면 서구 철학의 진정한 출발점인 소크라테스의 산파술까지 거슬러 올라간다는 것을 알 수 있다. 그는 사람들과의 문답법을 통해 누구나 보편적이고 절대적인 지혜에 도달할 수 있을 것으로 생각했다. 서구사회에서는 비판적 사고가 오래전부터 내려오고 있으며 어느 정도 보편화한 것으로 보인다.

우리나라는 어떠한가? 우리나라 사람들은 비판적이라는 말을 부정적인 말로 받아들인다. 사전적 의미로는 사물의 옳고 그름을 판단하거나 밝히는 것으로 정의한다. 절대로 부정적인 의미의 비난이 아니다. 우리나라에서는 유교 사상 때문인지 비판적 사고를 가로막는 장애물들이 너무 많다는 생각이 든다. 지금이야 그렇지 않지만 시집가는 딸에게 골백번 하는 말이 '벙어리 3년, 귀머거리 3년, 장님 3년'처럼 참고 지내라고 타이른다.

또한 우리들은 어린 시절부터 '참을 인(忍) 세 번이면 살인도

면한다'라는 말을 수없이 들어왔다. 정치적이고 사회적인 부조리와 억압조차도 개인의 조건 탓으로 돌리거나 세상은 원래 그런 거라며 그러려니 생각하라고 강요받으면서 살아왔다. 참는 것이 큰 미덕이며 점잖은 행동으로 여겨왔다. 오히려 비판적 사고를 하는 사람에게 경솔하다거나 적절치 못하다고 생각해버린다. 이와 더불어 단답식만을 요구하는 우리나라 교육제도에도 큰 문제점이 있다. 사고력을 키울 기회를 거의 박탈당했다 해도 과언이 아니다.

이러한 환경 아래에서 비판적 사고가 생각만으로 끝나는 것이 아니라 행동으로 이어지기 위해서는 많은 용기가 필요하다고 본다. 비판적 사고의 완성은 사고로 끝나는 것이 아닌 실천으로 이어져야 의미가 있다. 아무리 많은 사고가 있은들 실천이 없으면 무슨 소용이 있을까. 그러나 우리와 같은 환경에서 비판적인 사고를 실행으로 옮긴다는 것은 가히 혁명적이라고 생각할 수 있다. 일반적으로 우리가 속한 집단에서 비판적 발언을 했을 때 이에 대한 깊이 있는 토론이 가능할까? 아마 옳고 그름은 차후의 문제가 되고 마는 경험에 직면하게 될 것이다. 따라서 나는 항상 비겁한 기회주의자였고 마음 한편으로는 항상 처참하게 부끄럽고 괴로워할 수밖에 없었다.

나는 '행동하는 양심'이라는 말 자체를 너무 좋아한다. 내가 하지 못하는 그러나 마음속으로는 수백 번 갈망하는 것이기 때문이다.

"행동(行動)하는 양심(良心)이 됩시다.

행동하지 않는 양심(良心)은 악(惡)의 편(便)입니다."

모두 알다시피 이는 김대중 전 대통령의 유명한 연설문 일부이다. 인간 김대중의 핵심 사상이다. 목숨 걸고 군부의 부당함을 행동으로 보여주었고 노무현 전 대통령 서거 시 마지막 연설에서도 행동하지 않는 자들에 대해서 간곡히 외치고 있다.

"장례식에 참여한 인사들의 1/10인 50만이라도 노 대통령이 고초를 겪을 때 그럴 수가 없다고 소리를 냈더라면 노무현 대통령은 죽지 않았을 것입니다."

목숨까지 앗아가려는 군사정권에 맞서 행동으로 옮기는 그의 용기에 난 머리 숙이지 않을 수 없다.

아무리 주변 여건이 비판적 사고를 하기에는 아직 이르다 하더라도 침묵은 악의 편이 되고 만다는 것을 상기하면서 항상 행동하는 양심이 되고자 노력할 때 우리 사회는 바람직한 사회가 되어갈 것이다. 또한 우리는 상호 간 대화에 있어 성숙한 마음의 자세로 전환이 필요하다. 상대방의 의견을 열린 마음으로 받아들이고 나의 견해가 잘못되었을 때는 잘못을 과감히 시인하는 자세가 필요하다. 더 나은 우리 사회를 위해서 모르는 것을 알아가고 잘못 알고 있는 것을 바로 알아가는 비판적 사고가 일반적이고 보편화될 날을 기대해본다.

🐾 나의 무소유 개념

법정 스님은 일반 대중들에게도 유명한 스님이고 존경받는 분이시다. 수 많은 사람들이 칭송하고 그의 글은 교과서에도 실릴 정도이다. 그러나 나는 그의 무소유를 수없이 읽어보았지만 읽을 때마다 마음이 편치 못했다. 스님은 글을 맛깔나게 잘 쓰신다. 나도 그러한 스님의 글을 매우 좋아하지만, 무소유 편을 읽으면서 나는 스님의 뜻을 전적으로 수긍하는 것이 고통스러웠다.

'우리는 필요에 의해서 물건을 가지지만 때로는 그 물건 때문에 마음이 쓰이게 된다. 따라서 무엇인가를 갖는다는 것은 다른 한편 무엇인가 얽매이는 것. 그러므로 많이 갖고 있다는 것은 그만큼 많이 얽혀 있다는 것이다. 무소유란 아무것도 갖지 않는다는 것이 아니라 불필요한 것을 갖지 않는다는 뜻이다. 우리가 선택한 맑은 가난은 부보다 훨씬 값지고 고귀한 것이다.' 이것이 법정 스님의 무소유 개념이다.

많은 사람은 열광하는데 나만이 온전히 공감하지 못한다는 사실에 무시당할까 걱정되어 나는 억지웃음이라도 띄어야 했다. 나는 바보인가? 나만 이해력이 부족한가? 이제라도 나는 속 시원하게 나의 무지를 드러내고 싶다. 우리에게 진정 불필요한 것이란 무엇인가?

스님의 수필에 난초 이야기가 나온다. 난을 키우기 위해 관계 서적을 구해다가 읽었고 영양을 위해 하이포넥스 비료를 구해오기도 했단다. 여름철이면 서늘한 그늘을 찾아 자리를 옮겨야 했고 겨울에는 춥더라도 실내온도를 낮추었다고 했다. 봄이면 은은한 향기와 함께 연둣빛 꽃을 피워 스님을 설레게 했다고 적고 있다. 이 얼마나 인간다운 모습이더냐.

나도 얼마 전까지 30여 평의 밭에 무, 배추, 고추, 상추, 옥수수 등 많은 채소를 가꾸어 왔다. 하루에도 몇 번씩 들러 밤새 커버린 모습에 얼마나 기뻐했는지 모른다. 너무도 사랑스러웠다. 우리가 채소를 먹으려고 키우는 게 아니고 보려고 키우는 것 같은 착각도 했다. 아까워서 고추를 따서 먹을 수가 없었다. 그런데 스님은 그렇게 정성들여 키웠던 난초를 친구에게 주어버리고 비로소 얽매임에서 벗어날 수 있었고 서운하고 홀가분한 마음이 앞섰다고 했다. 그렇게 한두 폭의 난초까지 버렸다.

우리는 살아가면서 자산을 소유해 나갈 수밖에 없는 세상에서 살고 있다. 좀 더 안정되고 편안하게 살기 위해서는 열심히 자산을 축적해야 한다. 내 의지와는 무관하게 이 지상에 태어난 우리들이 지닌 숙명이다. 따라서 열심히 노력해서 우리 사회가 인정하는 정당하고 합리적인 소유를 실현한다면 이것은 비난의 대상이될 수 없다. '맑은 가난은 부(富)보다 훨씬 값지고 고귀하다.' 이것은 언어의 유희(遊戲)이다. 찢어지게 가난함의 또 다른 표현일 뿐이다. 속세에서 찢어지게 가난함이 얼마나 서럽고 멸시당하는 것인지, 그리고 아프고 고통스러운지를 법정 스님은 알고 있을까? 스님의 뜻은 속세에서 온전하게 살아남아야만 하는 이 세상 사람들의 규칙이 아니다.

인간의 세상에서 인간으로 살아간다는 것은 많은 것들과 관계속에서 살아가는 것이다. 얽매여 있는 것이 당연하다. 나와 얽매여 있지 않는다면 무슨 의미가 있느냐. 나의 사랑하는 아내와 아들과 딸, 우리 손녀와 손자, 친척과 친지, 내가 아끼는 나의 소유물들. 이 모든 것들이 '우리와 나의 소유격' 안에 얽매여 있기에 사무치게 그립고 소중한 것이다. 하물며 한두 폭의 난초와 얽매임에서 벗어나기 위해 없앤다면 삶이란 무엇인가. 애착도 사랑도 그리움도 없는 공허한 천국이다.

물론 인간사회에서 자산을 획득하여 소유하여 나가고 많은 것들과 관계를 맺고 사노라면 어쩔 수 없이 많은 문제가 야기된다. 우리가 사는 세상 속에는 부자도 있고 가난한 자도 있게 마련이다. 밝은 곳도 있지만, 그늘에 가려져 어두운 곳도 있다. 또한 좋은 관계도 있고 나쁜 관계도 있게 된다. 우리는 필연적으로 발생한 이 모든 불편함을 받아들이고 적극적으로 개선해 나아갈 필요가 있다.

　모두가 잘 알고 있는 J.D.록펠러(John D. Rockefeller)은 33세에 백만장자가 되고, 43세에 미국의 최대 갑부가 되고, 53세에 세계 최대 갑부가 된다. 그러나 그는 행복하지 않았다. 55세에 불치병으로 1년 이상 살지 못한다는 시한부 선고를 받고 입원해 있었다. 그러던 어느 날 병원비가 없어서 딸을 입원시키지 못하고 울부짖는 한 여인을 발견하고 몰래 병원비를 내어 주었다. 얼마 후 은밀히 도운 소녀가 기적적으로 회복되었다. 그의 자서전에 이렇게 적었다. "저는 살면서 이렇게 행복한 삶이 있는지 몰랐습니다." 이와 동시에 신기하게 그의 병도 사라졌다. 그 후 세계 인류의 복지향상을 목적으로 록펠러재단을 설립하고 그는 98세까지 장수했다.

　우연히 본 TV에서 록펠러의 이야기처럼 아주 인상적인 인터뷰 장면을 보게 되었다. 카이스트에 766억을 기부했던 광원산업의 이수영 회장의 이야기이다. 기자가 그녀에게 왜 그토록 많은 돈을 기부했느냐고 묻자 그녀는 아주 간단히 이렇게 대답했다. "주워봐!" 이 세 글자에는 그분이 전하고자 하는 뜻이 충분히 녹아 들어 있다고 본다. 무슨 화려한 수식어가 더 필요하겠느냐.

　이분들은 세상적인 것들과 얽매임으로써 오는 고통에 대해서 회피가 아니라 그들에게 더욱 가까이 다가감으로써 거대한 사랑과 행복을 탄생시켰다. 불필요한 것을 갖지 않는 것이 아니라 열심히 최선을 다하여 더욱 우리 인간에게 필요한 재화를 생산해나 갔다. 그리고 그들은 자기 개인의 책임을 넘어서서 사회적 책임까지 자신들의 삶을 확장해 나아갔다. 모두의 더 나은 삶을 위해 최선을 다하였다.

이 세상 속에서 살면서 얽히고설킨 관계를 끊고 모두를 버리는 것은 우리들의 무소유가 될 수 없다. 록펠러나 광원산업 이수영 회장은 우리가 추구해나가야 하는 무소유 정신을 잘 실천해주었다고 생각한다. 그들이 걸었던 길이 속세를 벗어날 수 없는 우리에게 주어진 무소유의 길이지 않을까 싶다.

절대자의 영토

우리가 살고 있는 우주는 언제 태어났으며 현재의 우주가 태어나기 이전에는 무엇이 있었을까? 현 우주와는 다른 우주가 있었다면 현재의 우주는 절대자가 만든 몇 번째 우주이며 현재 존재하는 이 우주는 언제 또 소멸할 것인가? 우주 밖에는 도대체 무엇이 있으며 이 모든 것을 관장하는 절대자는 누구인가? 어디에 존재하는 것인가?

우주의 탄생

우주에 관해 밝혀진 사실이라고는 극소수에 불과하며 아직도 모르는 부분이 많다. 그럼에도 불구하고 가장 타당성이 높다고 인정하는 이론은 대폭발설(빅뱅 이론)이다. 우주의 탄생은 137억 년 전 고온의 밀도가 높은 상태에서 시작되었다고 주장한다. 그러나 우주 나이에 대해서 아직 여러 가지 설들이 존재한다. 빅뱅 이론에 따르면 우주의 모든 에너지와 질량이 모여 있는 한 점이 대폭발하면서 시간과 공간이 시작되었고 이후 우주는 팽창을 계속하고 있다고 한다.

알렉산드르 프리드만(Alexander Friedmann)은 1922년 아인슈타인의 일반상대성 원리를 통해 우주가 팽창하고 있다는 결론을 얻었다. 그러나 허블의 법칙이 발표되기 이전 그는 실제로 우주가 팽창하고 있는 것을 보지 못한 채 세상을 떠났다. 그 후 1929년 에드윈 허블(Edwin Hubble)이 허블의 법칙을 발표함으로써 우주가 팽창하고 있다는 사실을 발견하였다. 여기에 조지 가모프(George Gamov)는 팽창 우주론을 발전시켜 우주가 한 점에서 폭발하여 팽창했다는 주장을 통해 1948년 빅뱅 이론으로 발전시켰다.

빅뱅 이론은 빅뱅의 근거로써 확실한 세 가지 경험적 증거를 가지고 있다. 첫 번째는 에드윈 허블이 외부 은하들이 우리 은하로부터 빠른 속도로 후퇴하고 있음을 발견한 사실이다. 두 번째는 아노 펜지어스(Arno Penzias)와 로버트 윌슨(Robert Wilson) 두 학자가 공동연구를 통해서 태초의 우주에서 흘러나온 전파인 2.7K의 우주 배경 복사를 발견하였으며, 세 번째는 우주에 현재 존재하는 수소와 헬륨의 질량비가 빅뱅 초기에 형성된 원소의 비율과 일치한다는 것이다. 이와 같은 세 가지 경험적 증거는 우주가 확실히 빅뱅으로 태어났으며 그 후 계속 팽창하고 있음을 말해주고 있다.

빅뱅 이론 이전에는 많은 사람들은 우주가 영원하고 근본적으로 정적이라는 정상상태의 우주를 믿어왔다. 지금은 실제 우주 팽창의 근거들이 여럿 발견되어 정상우주론보다 더 많이 받아들여지게 되었다.

우주의 중심

우주 팽창론은 20세기 천문학사에서 가장 중요한 발견 중 하나다. 인류는 천문학적인 진보와 함께 우리의 위치를 깨달아왔다. 코페르니쿠스(Copernicus)의 지동설이 발표되기 전까지도 지구는 우주의 중심이었으나 그 이후 우주의 중심이 태양으로 바뀌었고, 또 우리 은하로 바뀌어왔다. 그러나 허블의 발견으로 이제는 우리 은하 역시 우주에 수많이 존재하는 은하 중 하나일 뿐이라는 사실을 깨닫게 되었다. 우주의 중심은 우주 안 어딘가에 존재하겠지만 아직 발견하지 못했으며 우주의 끝은 어디인지 알 수 없다. 빛의 속도보다도 더 빨리 팽창해가는 우주의 끝을 우리 인간이 어떻게 헤아리겠는가.

우주의 크기

우리가 속한 은하는 약 1,000억 개의 별들이 있고, 우주에는 이런 은하가 최소 1,700억 개에서 2조억 개까지 있다고 보는 학자도 있다. 누구도 정확히 말할 수는 없다. 도대체 감이 잘 잡히지 않는 숫자이다. 우리 우주는 얼마나 광대하다는 것일까? 태양계가 속해 있는 우리 은하만 해도 지름이 약 10만 광년에 달한다. 빛의 속도로 10만 년을 달려야 한다는 이야기이다. 우리 우주의 크기는 얼마나 될까? 현재 측정 가능한 우주의 최대 반경은 465억 광년이라고 학자들이 말한다. 그러나 지금도 우주는 엄청난 속도로 팽창하고 있다. 절대자의 영토는 가늠이 되지 않는 것이다.

우주에서 오는 메시지

2019년 10월 8일. '2019년 노벨 물리학상'이 발표되었다. 이들 중 미셸 마요르(Michel Mayor)와 디디엘 쿠엘로(Didier Queloz) 박사는 인류 역사상 최초로 외계행성을 발견한 공로로 노벨 물리학상을 받게 되었다. 1995년 페가수스 51의 항성 주변을 도는 페가수스 51b를 발견했다. 그 이후 지금까지 약 4,000개의 외계행성이 발견되었으며 앞으로도 계속될 것이다.

2011년 영국 국방부는 1950년~2005년까지의 외계인과 UFO에 관한 비밀문서 수백 건을 공개했다. UFO 목격자 중에는 신고를 받고 출동해서 관찰했던 경찰관들도 많았다고 한다. 영국 국방부는 특별히 UFO의 존재를 부정하지 않았다. 2019년에는 미국 캘리포니아주 샌디에이고 연안 미 해군 7함대 소속 구축함에서 실제로 UFO를 촬영하였으며, 러셀호에서 불과 210m 떨어진 곳을 비행했다고 미 국방부가 공식 확인하였다.

2008년 바티칸 천문대 소장 호세 가브리엘 푸네스 (Fr.Jose G.Funes,S.J.)신부는 이렇게 넓은 우주에 외계 생명체가 존재한다는 가설을 배제할 수 없다며, 수백억 년 전 대폭발로 현재의 우주가 생겼다는 빅뱅 이론을 믿고 있다고 말하였다.

우리의 우주는 팽창을 지속하다 언젠가 생명을 다하게 될 것이다. 지구는 태양에 흡입될 것이고 태양도 언제인가 그 수명을 다할 것이다. 애초에 우주는 진화하도록 설계됐다. 절대자는 지금 또 다른 우주의 설계를 진행하고 있지 않을까. 더 나은 우주의 탄생을 위해서 우주의 곳곳을 살피고 있을 것 같다.

불교 우주론에서 시간의 단위인 1겁(劫)을 소겁이라 하고, 중겁은 20소겁이 된다. 대겁은 4중겁을 합한 80소겁을 말한다. 1대겁은 하나의 우주가 태어난 뒤 다음 우주가 태어날 때까지의 시간을 의미하며 이것이 불교적 관점에서 우주의 수명이다. 현재 우리가 살고 있는 우주는 현재 대겁의 어디쯤을 지나고 있는 것일까? 나는 지금 존재하고 있는 것일까? 있는 것인가, 없는 것인가?

👣 달의 비밀

시계의 뒷면을 열어보면 크고 작은 톱니바퀴들이 한 치의 오차도 없이 정해진 궤도를 일정한 속도로 돌고 있다. 이들 중 어느 톱니바퀴 하나가 조금이라도 궤도를 이탈한다면 이 시계는 완전히 망가지고 생명을 다하게 될 것이다.

우리가 살고 있는 태양계는 항성인 태양을 중심으로 시계의 톱니바퀴처럼 수성, 금성, 지구, 화성, 목성, 토성 그리고 천왕성이 돌고 있다. 또한 태양계에는 공식적으로 인정된 위성의 개수는 284개이며 지구에는 단 하나의 위성만이 있다. 우리에게 많은 영감을 주는 달이 지구의 유일한 위성이다. 만약 달이 없었다면 우리에게는 계수나무도 토끼 한 마리도 없었을 것이다. 토끼도 계수나무도 없는 밤은 칠흑 같고, 우리의 마음 또한 그렇게 어두웠을 것이다.

지구는 태양을 돌고 있는 행성 중 수성, 금성, 다음으로 태양과 가까이에서 공전과 자전을 하며 돌고 있다. 만약 세 번째가 아니고 두 번째나 네 번째였다면 어떠했을까? 너무 춥거나 너무 뜨거워서 살지 못했을 것이다. 아주 적당한 위치에서 봄도 여름도 가을과 함께 겨울도 우리는 즐기면서 살고 있다. 누구의 주재(主宰)런가? 아름다운 이 지구를 있게 한 이는!

지구의 나이는 수백 년간 논쟁을 거친 후에야 비로소 약 45억 년이라는 결론에 도달했다. 성서에 기록된 6,000여 년보다는 훨씬 길게 보고 있다. 일단 과학자들이 말하는 과학적 근거를 받아들인다면 지구는 45억 년간 존재해 왔다. 45억 년간 지속되어온 이 아름다운 지구는 달과 밀접한 관계가 있다. 달은 단순히 밤을 밝혀주는 역할만을 하는 것이 아니었다.

지구의 북극과 남극을 잇는 지구 축은 태양을 향해 23.5° 기울어진 채 공전과 자전을 하고 있다. 달은 이러한 지구 축과 밀접한 관계가 있다. 지구의 축이 고정되어 유지되는 것은 달이 존재하기 때문이다. 만약 달이 없다면 축이 흔들리게 되고 지구 일대는 혼란에 빠지게 된다. 북극이 남극이 되고 남극이 북극이 되는 좌충우돌을 하게 된다. 23.5° 기울어진 채 자전을 하기 위해서 달이 존재하고 있어야 한다.

1960~1970년대에 미국항공우주국(NASA)은 달 착륙 계획을 수행한다. 발사 연습 도중 세 명의 우주 비행사가 죽는 참사를 겪으며 1969년 내가 고등학교를 졸업하던 해 드디어 아폴로 11호는 달 착륙에 성공한다. 우주 비행사 암스트롱은 달 표면에 발자

국을 남긴 최초의 인간이 된다. 그 뒤에도 아폴로 계획은 계속되어 몇 번 더 위성을 발사한다.

미국은 이를 통해 총 세 차례에 걸쳐 달에 반사경을 남겼다. 우리는 이 반사경에 레이저를 발사하여 2.7초 만에 지구와 달과의 거리를 정확히 측정할 수 있게 되었다. 이 측정 결과 엄청난 사실을 발견하게 된다. 똑같은 궤도를 따라 지구를 돌고 있으리라 믿었던 달은 일 년에 3.8cm씩 지구로부터 멀어져 가고 있었다. 이를 근거로 추정하여 볼 때 약 15억 년 뒤에는 달은 영원히 지구를 떠나게 된다. 축을 지지해주었던 지주대가 없어지게 되는 것이다.

이제 계절이 사라지고, 빙하는 녹아 없어지며, 동식물은 멸종이 된다. 그 뒤 얼마의 세월이 흐른 뒤 이 아름다운 지구는 아무 쓸모 없는 또 다른 별일 뿐이다. 우주는 하나의 거대한 생명체이다. 빛의 속도보다도 더 빠른 속도로 끊임없이 팽창하고 있다. 성장하고 있는지 끝을 향해 가고 있는지 우리 인간이 어찌 알겠는가.

나는 비관론자도 염세주의자도 아니다. 다만 영특한 인간이 하늘의 비밀을 너무 일찍 알아버렸다. 영속하는 것은 아무것도 없다.

👣 점토판에 새겨진 수메르의 이야기

오래오래 전 메소포타미아의 티그리스와 유프라테스강 사이 풍부한 충적토 위에 사람들이 살기 시작했고, 이따금씩 홍수의 범람은 새로운 충적토를 또 만들어갔다. 너무도 오랜 그들의 역사는 땅에 묻혀버렸고, 지구상에서는 더 이상 존재하지 않는 역사가 되어버렸다.

BC 4000년경 갑자기 나타나서 화려하게 꽃을 피운 후 사라져버린 수메르 문명은 이제 그 모습을 조금씩 드러내고 있다. 이 문명의 실체가 밝혀지기 시작한 것은 불과 150여 년 전이다. 이제야 메소포타미아 문명의 시발이 된 수메르 문명은 엄청난 관심을 자아내고 있으며, 점토에 새겨진 문자들이 하나씩 밝혀짐으로써 우리를 놀라게 하고 있다.

지금까지 드러난 자료에 따르면 수메르인들은 주변의 민족과는 다른 점이 너무 많다. 분명한 것은 수메르인들의 생김새 등 인류학적 특징이 주위에 있던 셈어족이나 인도유럽어족의 여러 민족하고 달랐으며, 수메르인 자신들은 이러한 생김새를 강조하는 표현으로 자기 민족을 다른 민족과 구분해 불렀다는 것이다. 이들의 언어 역시 언어학적으로 동서고금의 어떠한 언어와도 상관이 없는 고립어이다.

수메르인들이 어디에서 기원한 민족인지 그리고 초기 역사가 어떠했는지에 대해서는 지금까지 분명한 정설이 없다. 무엇보다 수메르 문명에는 진화의 흔적이 없다. 갑자기 나타나서 엄청난 문명을 이룩하였으며, 우르왕 묘에서 나온 갖가지 예술품들을 보면 현재와 비교해도 손색이 없을 정도이다. 고도의 지적 문명이 기술을 전해주었을 가능성이 크다고 보는 이들도 있는 것이 사실이다.

또한 수메르인들은 인류 역사상 최초로 문자를 만든 민족이다. 수많은 사건을 점토판에 새겨 기록으로 후세에 남겼다. 그중에 최초의 서사시 길가메시, 수메르 왕명록, 수메르 신화 등은 우리에게 엄청난 충격으로 다가왔다.

수메르 신화는 구약성경과의 관계에서 창조와 관련된 신화, 홍수와 관련된 신화, 거룩한 결혼 의식과 관련된 신화 등 여러 부분에서 유사성이 발견되고 있다. 심지어 신화에서 등장하는 이름과 성경에서 등장하는 이름이 비슷하게 불린 경우도 더러 있다. 이는 그동안 구약성서 중심의 세계관을 무너뜨려 버렸다. 한편 수많은 왕의 이름과 연대가 기록된 왕명록은 수메르 역사를 세계 역사의 맨 앞자리로 이동시켜버렸다. 이로써 수메르 문명은 어느 문명보다도 가장 먼저 존재하였던 화려한 문명으로 우리 세계사에 등장하게 된다.

수메르는 자나 저울 같은 도량형을 최초로 통일함으로써 경제 질서를 바로잡았고, 함무라비 법전보다 300년 이상이나 앞선 법전을 만들었다. 세공술이 고도로 발달하였고, 현재와 비교해도 부족하지 않은 수준이었다. 1년을 12달로 하는 태음력과 60진법을 사용하였으며, 원을 360°로 나누고 시간 단위를 60으로 쪼갰다. 이는 지금까지 전해 내려오고 있으며 전 세계에서 사용하고 있다. 이러한 일들이 BC 2500년 전 수메르에서 일어났다.

도대체 이토록 찬란한 문명을 이룬 이들은 어디에서 왔는가? 그들의 신화가 말하듯 그들은 외계에서 왔을까? 여기에서 메소포타미아인들이 지구를 태양계의 일곱 번째 행성으로 인식했다는 사실은 매우 중요한 의미가 있다. 현재 우리들이 태양을 중심으로 지구는 세 번째 행성이라고 말한 것과는 정반대이기 때문이다. 아시리아인들은 특정한 신을 나타내는 행성의 고유한 숫자를 신의 옥좌 옆에 그 숫자만큼의 별을 그려 넣었다.

지구의 신 엔릴의 옥좌 옆에는 일곱 개의 별이 그려져 있고, 금성의 신 인안나의 옥좌 옆에는 여덟 개의 별이 그려져 있다. 즉 지구는 일곱 번째, 금성은 여덟 번째 행성이라는 이야기이다. 이러한 사실들은 천왕성, 해왕성, 명왕성의 존재를 인식하지 않고는 알 수 없는 것으로, 태양계의 외곽으로부터 들어온 자들이 알려주었으리라고 짐작할 수밖에 없다. 6,000년 전의 놀라운 수메르 문명을 접하면서 외계인이었지 않나 하는 생각은 너무도 당연할 것 같다.

이토록 오래전 이 지구상에 엄청난 문명을 이룩했던 수메르인들에게 나는 간절한 마음을 담아 묻고 싶다. 수메르 이외의 다른 곳에 사는 사람들은 이제 겨우 돌을 갈아서 도구로 사용하고 있었는데 그들은 화려한 장식품을 만들어 썼으며, 정치·문화·경제·과학 모든 분야에서 지금과 비교해도 결코 낮은 수준이 아니었다. 그런데 어찌 그리 허망하게 사라져버린 것일까?

차라리 그럴 바에야 셈족의 사르곤 왕과 잘 지내며 지낼 일이지, 그토록 끈질기게 저항만 하다가 어느 산동네에서 짐승이나 잡아먹던 구티족에게 처참하게 정복당해 버렸다. 도저히 이해가 가지 않는 대목이다. 그래도 다행히 우르남무가 나타나 다시 그들의 나라를 일으켰기에 위대한 역사가 그 명을 이어갈 줄 알았다. 그러나 그것도 헛된 희망이었다. 참담하게도 결국 별 보잘것없는 유목민이었던 엘람인에게 멸족을 당해버렸다.

몇 명만이라도 산속으로 들어가 생명을 유지해서 그들의 지혜를 후세에 전해줄 수는 없었는지 애통할 뿐이다. 어떻게 한 명도 남지 않고 사라져버렸을까 하는 의구심이 나를 괴롭힌다. 혹시 그때 우주선이라도 타고 다시 그들의 고향으로 가버린 것일까?

가려면 아주 흔적도 없이 가버릴 일이지, 왜 그리 많은 점토판은 땅속에 묻어 놓았는지. 그것을 해독하느라 오늘도 우리는 골머리를 앓고 있어야만 한다. 정말 그들을 속속들이 알려면 내가 죽고도 더 한없는 세월이 필요할 것 같다.

🐾 가끔은 엉뚱한 생각이 세상을 바꾼다
부제 : 진화론에 대한 소고(小考)

찰스 다윈(Charles Darwin)의 진화론만큼 이 지구상에 큰 영향을 미친 학설은 찾아보기 매우 어렵지 않을까 싶다. 그러나 과학 문명이 조금만 더 발전된 시기에 다윈이 태어났더라면 이 논문은 지구상에서 빛을 보지 못 했을 것이라는 생각이 드는 것은 나의 확고한 신념이다. 논문이 발표될 당시 상황을 살펴보면 1838년에 이르러서야 독일 해부학자 테어도르 슈반(Theodor Schwann)과 식물학자 마티스 슐라이덴(Matthias Schleiden)이 동식물의 기본단위를 세포라고 정의하였을 정도였다. 이 당시에는 변이와 진화의 구분도 없었으며 유전자 개념조차도 없는 때였다. 이런 환경 속에서 다윈은 1859년 「종의 기원」을 발표함으로써 진화론을 주장하였던 것이다.

다윈의 인생 전환과 종의 기원

1831년 영국은 세계 각국의 해양을 측량하기 위해 긴 여행을 떠난다. 이때 출항한 배는 돛대 3개에 길이 90피트(27m)의 비글호였다. 선장 피츠로이(FitzRoy)는 항해 중 지식인들과의 교류를 위해 박물학자의 승선을 추진하였으며 어렵사리 다윈이 승선하게 된다. 드디어 남아메리카의 해안과 태평양의 섬들을 조사하는 5년간의 긴 여행을 떠나게 되며 이 여행이 다윈의 운명을 바꾸어 놓는다.

갈라파고스는 에콰도르 본토에서 서쪽으로 1,000km 떨어진 곳의 해상에 있는 19개의 섬과 암초로 이루어졌다. 다윈이 자연 도태설을 형성하는 데 도움을 준 곳이다. 다윈은 여기에서 작은 새들을 비롯한 여러 고유종을 표본으로 채집했다. 임무를 마치고 돌아온 다윈은 조류학자 존 굴드(John Gould)로부터 갈라파고스에서 채집한 여러 마리의 새들이 모두 핀치새라는 말을 듣고 깜짝 놀란다.

각기 다른 섬들의 자연환경이 똑같은 핀치새들의 부리를 제각기 다르게 만들었다는 사실을 알아차렸다. 그는 거기서 영감을 얻어 자연 선택에 의한 진화론을 세워나갔다. 갈라파고스섬에 사는 핀치새 부리의 길이가 각각 다른 것을 보고, 나중에 부리가 점점 길어지면 핀치라는 종류를 뛰어넘어 까마귀나 앵무새처럼 다른 종류로 전환할 것으로 생각한 것이다.

어느 날 그는 노트에 아주 위험한 나무 그림을 그려나갔다. 마침내 1859년 11월 「종의 기원」을 출간해 유럽 사회에 엄청난 파문을 일으켰다.

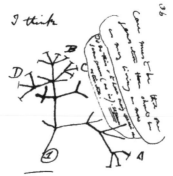

다윈의 진화론

다윈 이론의 근간을 이루는 생각은 첫째 모든 생물은 공통된 조상으로부터 발생하며 모든 생물이 서로 연관되어 있다는 것이다. 이러한 생각은 생물의 다양성과 종의 변화를 설명하는 중요한 열쇠가 되었다. 또 다른 생각은 자연 선택으로서 냉혹한 생존경쟁 속에서 자연에 적응한 것은 살아남고, 그렇지 못한 것은 도태된다는 것이다.

위에서 본 바와 같이 엄청난 내용을 담은 진화론은 크리스트교를 기본으로 모든 통제가 이루어졌던 서방세계에 커다란 충격 그 자체였다. 6,000여 년 전 확정된 수의 생물이 신에 의하여 순간적으로 창조되었다는 종교적 믿음을 지닌 사람들은 다윈의 주장을 받아들일 수 없었던 것이다. '지구상의 모든 생물 종들이 단 하나의 공동 조상으로부터 유래하였다.'라는 것은 그들의 믿음에 대한 배신이었다. 지동설을 주장했던 이탈리아 철학자 조르다노 부르노(Giordano Bruno)는 1600년 화형을 당했고, 천문학자 갈릴레오 갈릴레이(Galileo Galilei)는 종교재판을 받고, 그의 주장을 철회하지 않을 수 없었다.

그러나 다윈은 살아남았으며 오히려 그의 진화론은 사회 각 분야에 엄청난 파급효과를 남겼다. 그가 살아남을 수 있는 이유는 무엇이었을까? 그것은 우주의 나이 때문이다. 먼 그 어느 날 해안가 물웅덩이에서 어렵게 단세포가 만들어지고(생명의 기원) 세월이 흘러서 그 단세포가 꽃이 되고 사람이 되었단다. 본 사람이 아무도 없고 앞으로도 볼 사람이 아무도 없다. 무한대에 가까운 시간이기 때문이다. 그 시간의 덕택에 다윈은 살아남을 수 있었고 지금까지도 많은 학자는 또 다른 시조새를 찾아 나선다.

다윈의 진화론 발표 이후 이의 증명을 위한 많은 이론들이 나왔다. 진화론 입증을 위해 연속적인 중간단계 화석의 증거가 있어야 하는데 그중에서 가장 획기적인 발견으로 세상을 떠들썩하게 했던 것은 '시조새'와 '말의 진화'일 것이다.

시조새는 약 1억 5천만 년 전 쥐라기 후기 독일에서 살았다. 시조새의 화석은 1860년 독일 바바리아 지역의 점판암 속에서 처음 발견되었다. 시조새는 파충류와 같은 골격을 하고 있지만, 새처럼 잘 발달한 날개가 있었다. 1984년 학술대회 이전까지는 치아, 비늘, 깃털이 있어서 파충류가 생존을 위하여 비행 기술을 터득함으로써 현존하는 조류의 진화 단계로 여겨져 왔다.

1968년 영국 생물학자 토마스 헉슬리(Thomas Huxley)는 시조새는 파충류와 조류의 중간 단계라고 말하였다. 그는 이 화석이 당시 논란이 되었던 다윈의 진화론을 지지하는 강력한 증거라고 주장했고 시조새는 진화의 상징이 됐다. 그러나 수십 년간 공룡과 조류의 중간적 특징을 갖는 화석들이 잇달아 발견되면서 시조새는 새보다는 공룡으로 분류되고 있다.

말의 발가락은 네 개에서 세 개 그리고 세 개에서 두 개로, 두 개에서 한 개로 진화되었다. 또한 말은 체구가 왜소하였으나 진화를 거듭함으로써 너구리 수준에서 현재의 말로 진화했다고 주장되어왔다. 그러나 이것은 이론에 불과한 순서이며 부자연스러운 배열일 뿐이라는 것이다. 오늘날 이 지구상에는 소형 말에서부터 대형 말에 이르기까지 모두 공존하고 있다. 이 때문에 발가락의 수나 신장 크기의 변화는 진화의 증거라고 할 수 없다는 이론들이 진화론을 반박하고 있다.

그럼에도 불구하고, 진화론 주의자들은 그들의 이론에 대한 생각이 확고하다. 진화론은 증거와 검증이 이루어지면서 가장 과학적으로 검증된 이론 중 하나로 과학적 방법을 통해 검증되고 지속적으로 발전하며 생물학을 비롯한 다양한 분야에서 활용되고 있다고 주장한다. 따라서 진화론을 부정하는 입장이 아닌 과학적 증거에 기반한 이해와 학습이 필요하다고 말하고 있다.

진화론에 대한 나의 생각

과학자들은 상상력이 풍부하다. 이러한 상상력이 위대한 결과에 이르는 경우가 많다. 뉴턴(Newton)은 사과가 떨어지는 것을 보고, 지구가 사과를 끌어당긴다고 생각하게 되어 중력을 발견하였다. 코페르니쿠스(Copernicus)는 태양계들의 움직임을 지구 중심으로 할 때보다 태양을 중심으로 할 때 복잡하게 설명해야 했던 행성들의 운동을 매우 단순한 운동으로 아름답게 표현할 수 있다고 생각되어 천동설을 주장하게 되었다. 마찬가지로 다윈은 갈라파고스에서 채집한 여러 마리의 새들이 모두 핀치새라는 존 굴드(John Gould)의 말을 듣고 진화론을 주장하게 되었다.

과학자들은 이처럼 단순한 사실들에서 영감을 얻어 위대한 발견을 하게 된 경우가 많다. 그러나 다윈의 진화론의 경우 일반적인 과학적 가설과는 다른 측면이 있다.

일반 가설들은 아직 증명은 되지 않았지만, 분명히 과거에도 또한 현재에도 존재하는 현상이나 사실들에 관한 것이다. 만유인력은 증명되기 이전에도 있었고, 지구는 진즉부터 태양의 주변을 돌고 있었다. 그러나 진화론은 45억 년간의 진화에 대한 가설이다. 이러한 차이가 증명에 어려움이 있는 것이다.

다윈은 1859년에 「종의 기원」을 출간함으로써 진화론을 주장하였다. 논문이 발표될 당시 상황을 살펴보면 변이와 진화의 구분도 없었으며 유전자 개념조차도 성립되어 있지 않은 상태였다. 그런 면에서 진화론은 너무 상상에 의존한 가설이라고 여겨지는 것은 나만의 생각일까?

진화론의 증명은 많은 시간이 필요한 가설이다. 일반적인 가설은 어떤 현상이나 사실을 발견하기만 하면 증명되는 것이지만 진화론은 그렇지 않다. 많게는 또 한 번 45억 년을 살아 보아야 할지도 모른다.

위에서 살펴보았듯이 진화론 증명에는 많은 어려움이 있을 수밖에 없다. 한때 시조새나 말의 진화를 두고 진화론을 증명할 수 있는 확정적 증거라고 흥분했던 적이 있다. 그러나 한때의 소동으로 끝나버렸고, 그 이후 별다른 소식이 들려오지 않고 있다.

완전한 진화의 패턴이 밝혀지려면 과연 얼마의 시간이 필요할 것인가. 수천 수억년이면 가능할 것인가. 그러나 안타깝게도 15억 년 뒤에는 이 지구상에 생명체는 더 이상 존재하지 않는다. 왜냐하면 달이 지구를 떠나기 때문이다. 생명의 기원이나 종의 기원 문제의 해답은 인간의 시간 안에는 존재하지 않는 것 같다. 답을 찾을 수 없다는 것이 답이다.

👣 로마의 눈물

2019년부터 온 세상을 긴장 속에 몰아넣었던 코로나가 어느 정도 진정되자 하늘길이 열렸다. 오랫동안 보지 못했던 손주들을 보러 아들 집이 있는 이탈리아로 떠났다. 훌쩍 커버린 손주들의 품속에 할머니 할아버지가 안겼다.

아들 집이 있는 밀라노에서 멀지 않은 북부 및 중부 지역 관광에 나섰다. 해상무역의 본거지 베네치아, 르네상스의 중심지 피렌체, 피사의 사탑이 있는 피사, 캄포 광장이 있는 시에나 등을 돌아보고, 북쪽 국경지역에 있는 알프스 관광에 나섰다. 스위스의 알프스보다 이탈리아의 알프스가 더 아름답다는 말이 빈말이 아님을 나의 눈으로 확인하고 있다. 악마가 사랑한 풍경이라는 돌로미티의 세체다에서 나는 넋을 잃어가고 있다.

로마는 BC 753년 로물루스에 의해서 건국되었으며, 조그마한 도시국가에서 출발하여 이웃 부족들을 흡수하고 BC 275년에 반도를 통일했다. 그 후 120여 년간 포에니 전쟁을 치르고 승리하여 지중해 패권을 거머쥔 로마는 동쪽으로 눈을 돌렸다. 다음으로는 마케도니아와 시리아까지 정복하고 지중해의 헬레니즘 세계까지 손안에 넣었다. 기원전 1세기 전 로마는 유럽 및 아시아 일부에 이르는 광대한 대국을 건설하였다.

18세기 역사가 랑케는 "로마 이전의 모든 역사는 로마로 흘러들어갔고, 로마 이후의 역사는 다시 로마로부터 흘러나왔다"라는 유명한 말을 남겼다. 세상의 모든 것이 로마로 통했다. 그 화려했던 문화의 유적은 지금도 많은 세계인을 이탈리아로 끌어모으고 있어, 유명 관광지에는 말 그대로 발 디딜 틈이 없다.

이탈리아의 국토 면적(302,073㎢)은 우리나라의 3배이며 인구는 겨우 6,000만이다. 비좁은 나라에서 바둥거리며 살아온 우리에게 이탈리아는 축복의 나라일 수밖에 없다. 어디를 가나 시원스럽게 뚫린 고속도로와 넓게 펼쳐진 들녘이 여유로움을 느끼게 한다. 지중해성 기후로 여름은 덥고, 건조하며 겨울은 따뜻하고 비가 많다. 사계절이 뚜렷하여 대체적으로 살기 좋은 기후다. 알프스 산기슭에서 한가로이 양떼들이 풀을 뜯는다. 수없이 펼쳐진 그림 같은 집들이 세계의 관광객들을 기다린다. 하늘 아래 천국이다.

피렌체에 드리운 그림자

피렌체는 꽃의 도시라는 이름을 가졌다. 중세의 암흑을 걷어내고 인문주의 운동이 시작되면서 유럽 역사의 근대가 동텄던 곳이다. 피렌체는 새로운 생각, 새로운 아름다움, 새로운 인간다움이 발견된 인문학의 고향이다. 단테, 보카치오, 페트라르카, 치마부에, 조토, 알베르티, 브루넬레스키, 마사초, 도나텔로, 기베르티, 프라안젤리코, 파울로 우첼로, 고촐리, 기를란다요, 미켈란젤로, 레오나르도 다빈치, 마키아벨리, 갈릴레이 등 셀 수 없이 많은 예술가와 과학자가 활동했던 도시이다. 그들의 숨결이 아직도 생생하게 느껴지는 그런 도시이다.

그 피렌체로 가기 위해 떠나는 아침. 동행하지 못하는 아들 내외는 걱정이 태산이다. 열차를 타고 2시간여를 가는 여행이었지만 특실을 구매하여주었기에 단독 방에서 여유롭게 갈 수 있었다. 피렌체에서의 활동도 모두 예약되어 있었다. 식당, 호텔, 방문할 곳을 미리 마련해주었기에 아무 불편 없이 다녀올 수 있었다. 거기에다 현지 한국인 가이드까지 있으니 아무런 문제가 없을 것 같은데 아들 며느리는 함께 가지 못해서 못내 불안한가 보다.

모든 준비를 완벽하게 해주고도 악명 높은 소매치기 때문에 안심이 되지 않기 때문이다. 핸드백은 반드시 가슴에 메어야 하고 화장실 갈 때는 혼자 가지 말아야 한다고 귀가 따가울 정도로 들었다. 지갑은 남이 보는 앞에서 꺼내면 그 순간 남의 것이란다. 친절하고 멀쩡하게 생긴 친구들이 어느 순간 소매치기가 된다. 현지에 사는 아들 며느리도 자동차가 펑크 났다고 따라오면서 친절하게 가르쳐주는 놈에게 차 안에 있던 물품을 몽땅 털렸다. 어찌 걱정이 안 되겠는가.

나도 젊었을 적 이탈리아 여행 시 기차역 광장에서 바퀴 달린 가방을 잠시 놓아두고 대여섯 발자국 앞 휴지통에 휴지를 버리고 왔는데 돌아서는 순간 없어졌다. 단체여행이라서 동료들이 20여 명이나 있었다. 그러나 내 가방은 그 자리에 없었다. 동료들 사이에 몇 명의 현지 꼬마 녀석들이 섞여 있었는데 나의 가방은 그중에서 우두머리 격인 놈의 손에 있었다. 그 뒤로 유럽 여행 시에는 휴지는 바로 그 자리에 버리는 것이 나의 생각이 되었다.

피렌체에 도착해서 핸드백을 내려놓지도 못하고 무릎 위에 올려놓고 식사를 했다. 잠깐 커피 타임에 화장실에 갔던 딸이 돌아왔다. 돌아오자마자 핸드폰을 놓고 왔다는 것을 깨달았다. 화장실은 불과 대여섯 발자국 사이의 거리이지만 우리에게 그 거리는 천국과 지옥의 거리보다도 먼 거리로 느껴졌다. 순간 우리는 모두 사색이 되었다.

피렌체는 시내 전체가 유네스코 세계문화 유산으로 지정되어 있다. 피렌체에서 가장 핵심은 우피치 미술관과 아카데미아 미술관이다. 우피치 미술관에는 200여 년간 메디치 가문에서 수집한 수준 높은 작품들이 전시되어 있다. 프랑스, 독일, 네델란드 등의 대작들이 걸려 있으며 르네상스 시대의 작품들이 가득하다. 아카데미아 미술관에서는 13세기에서 19세기에 이르는 다양한 분야의 예술품들을 볼 수 있다. 무엇보다도 이곳을 유명하게 만든 것은 바로 천재 작가 미켈란젤로(Michelangelo)의 작품이 가장 많이 있기 때문이다. 이 외에 박물관이 아니더라도 거리의 골목에서도 세계적인 작품을 만날 수 있다. 코시모 메디치의 청동 기마상, 메두사의 머리를 든 페르세우스, 미켈란젤로의 다비드상 등이 우뚝 서 있고, 브루넬레스키가 만든 산타마리아 델 피오레 성당의 돔이 피렌체 상공에 아름답게 놓여있다.

이 짧은 시간에 모든 작품을 관람하는 데 온 정신을 쏟아도 부족할 것이다. 지금 나의 눈은, 나의 가슴은 온전히 이러한 예술품을 감상하고 있는 것일까? 슬프게도 지독하게 예술적으로 나의 지갑을 훔쳐 가려는 하나님의 피조물들을 한눈팔지 않고 경계하고 있다.

나폴리의 아픔

70여 년 전 국민학교 시절 세계 3대 미항을 외우고 다녔다. 브라질의 리우데자네이로, 오스트레일리아의 시드니, 이탈리아의 나폴리. 아마 시험에 나올 가능성이 크기 때문이었을 것이다. 아름다운 나폴리는 내 마음속에 일찍부터 자리 잡고 있었다. 거기에다 중학교에 올라가서는 오 솔레미오, 돌아오라 쏘렌토로, 산타루

치아 등을 접했다. 이 노래들은 모두 다 아름다운 나폴리를 배경으로 만들어진 민요이며, 감미로운 멜로디는 우리들의 어린 마음을 사로잡았다. 나폴리에서는 매년 이탈리아 민요 칸초네 페스티벌이 열린다.

내 나이 40대 초반 첫 이탈리아 여행을 가게 되었다. 방문지에 나폴리가 포함되어 드디어 마음속에만 있던 곳에 가게 되었다. 그러나 인솔자는 점심 식사 시간에 시내에서 한 번 내려주었고, 식사 후에는 어느 산언덕에 내려주면서 멀리 펼쳐진 바다를 바라보도록 했다. 역시 아름답기는 했다. 그러나 그것이 전부였다. 안전을 위해 절대 시내에서 버스를 내리는 것은 안 된다는 이야기였다. 정말 거짓말 같은 진실이다.

그래서 나폴리에 대한 추억은 거의 없다. 다만 좌·우측 통행 질서가 지켜지지 않고 차들이 서로 뒤엉켜 달리는 광경과 시내 중심가를 벗어난 지역의 아파트 창문에 무수히 걸린 빨래들은 그 당시 나폴리를 잘 표현하는 한 폭의 그림으로 지금까지도 나에게 뚜렷이 다가온다. 어느 이름 모를 언덕에서 바라보았던 아름다운 해안가 풍경이 담긴 한 장의 사진이 없었더라면 나폴리는 쇠락해가는 도시 정도로 기억되었을 것이다.

나폴리는 스페인에서도 아프리카에서도 프랑스에서도 로마로 들어가기 위해 진을 칠 수 있는 가장 적합한 항구이다. AD 90년 자치도시가 된 이후 늘 이민족의 침략이 끊이지 않았다. 언제인가 누군가 나폴리에 대해 쓴 글이 생각난다. 나폴리는 패배 의식에 젖어 있다는 것이다. 오랜 기간 스페인에게 착취당하고 또 오스트리아에 당하고, 다시 스페인에게 넘어갔던 아픈 기억이 대대로 이어져 내려오기 때문이라고 했다.

이제야 조금은 이해가 간다. 도로 주변에 긴 옷자락 끌며 남루한 한 무리가 지나간다. 그들이 나폴리 시민들인지 집시인지는 잘 모르겠다. 그 당시만 해도 나폴리에서는 쉽사리 집시들의 행적을 볼 수 있었다. 한마디로 말해 나폴리는 집시의 노래가 흘러나올 듯한 그런 우울한 도시 풍경이었다.

집시 여인, 집시 여인 (La zingara, Lagingara)

집시 여인, 집시 여인
저 로리도 꽃으로 덮인 풀 위에
오직 하늘을 망토 삼아 덮었네.
어머니는 내게 삶을 주셨네.

소녀는 절벽에서 산양과 겨루며
시골과 도시에서 춤추며 자랐네.
여인들은 내게 손금을 보여주었네.
라라라
집시 여인. 집시 여인.

나는 그 둘에게 미지의 일을 예언했네.

슬픈 일들과 기쁜 모든 일을

비밀스러운 사랑의 분노들을

라라라

집시 여인, 집시 여인.

오메르타(OMERTA) : 마피아가 문제를 해결하는 방법

1980년대 초반 내가 그리스에 출장을 갔을 때 그리스는 몹시 실망스러움 그 자체였다. 나의 현지 파트너는 당연히 올림픽 경기장, 파르테논 신전 등을 안내하였는데 한마디로 말해서 모두 부서져버린 문화유적이었다. 박물관에 남아 있는 많은 유물은 코가 모두 잘려 나갔거나 목이 날아가 있었다. 그것은 어쩔 수 없는 일일지라도 더욱 나를 놀라고 실망스럽게 하였던 것은 산들이 하나같이 나무가 없는 민둥산이라는 것이었다. 안내자의 설명에 따르면 마피아들이 산을 구매하기 위해 불을 놓아 황폐화시켰기 때문이란다. 그때 나는 처음으로 마피아들의 만행을 접하게 되었다.

영화 「대부」(The Godfather)는 1973년도부터 제작되어 전 세계적으로 널리 흥행을 일으켰던 영화이다. 이탈리아 출신 마리오 푸조(Mario Puzo) 원작소설로 이탈리아계 이민자 콜레오네

가문의 3대에 걸친 이야기를 담았다. 범죄 영화 역사상 최고의 걸작으로 이후에 나오는 많은 범죄 영화에 영향을 주었다. 「대부」의 주인공은 이탈리아계 미국인 러키 루치아노(Lucky Luciano)를 모델로 하였다. 1920년대 뉴욕 중심으로 범죄단을 조직해 활동하였으며 주류 밀조, 도박, 매춘, 암거래를 주도했다.

마피아의 어원은 이탈리아 시칠리아 사병조직 마피에(mafie)에서 출발하였다. 코사 노스트라(Cosa Nostra)는 시칠리아 마피아 연합조직의 명칭이다. 듣기만 해도 무시무시한 침묵의 계율(Omerta)과 피의 복수(Vendetta)는 코사 노스트라의 핵심 규율이다. 한때 파시스트 베니토 무솔리니(Benito Mussolini)에 의하여 세력이 약화하였으나, 2차 세계대전을 계기로 다시 활개를 쳤다.

이탈리아 역사상 최대 규모의 마피아 형사 재판인 막시재판을 통해서 이탈리아 정부는 대대적으로 정치계 부정부패 척결에 나섰다. 그러나 이탈리아 사회에 뿌리 깊게 자리 잡은 마피아 문제 해결에는 실패한다. 오히려 마피아는 더 교활한 방법으로 합법적인 경제 영역으로 진출하게 되었고, 이탈리아는 아직도 마피아와 싸우고 있다.

이탈리아는 넓은 영토와 생활하기 좋은 온화한 기후 조건을 지녔을 뿐만 아니라, 조상들로부터 우수한 가치를 지닌 문화유산을 물려받은 복 받은 나라임이 틀림없어 보인다. 그러나 오늘도 멀리서 온 이 과객은 한시도 긴장의 끈을 놓지 못한다.

4

본 대로 느낀 대로

......

소멸의 운명을 사랑으로

받아들이고 품격을 유지하자.

아름답게 소멸해 가는 우리의 모습이 되자.

👣 우리를 슬프게 하는 것들

교양 과정이었는데 과목 명칭이 확실히 무엇이었는지 기억이 나지 않는다. 대학 국어였는지 작문이었는지 모르겠으나 그 과목 수강 덕분에 나에게 작은 변화를 가져올 수 있었다. 그때 그 선생은 우리에게 원고지 쓰는 법부터 철저하게 가르쳤다. 덕분에 나는 지금까지 맞춤법, 띄어쓰기는 물론 제목과 원문의 간격, 단원 시작 첫 칸 띄우기 등을 철저하게 시행한다. 그는 그렇게 원고지 쓰는 법을 가르치고 난 후 우리에게 수필 한 편씩 제출할 것을 요구했다. 무제(無題)가 아니고 제목이 있는 수필이었는데, 제목은 「우리를 슬프게 하는 것들」이었다.

그 당시 우리는 안톤 슈낙의 「우리를 슬프게 하는 것들」을 너무도 좋아했고 전 문장을 거의 암송할 수 있을 정도였다는 것을 부인하지 않을 것이다. "울고 있는 아이의 모습은 우리를 슬프게 한다. 정원의 한 모퉁이에서 발견된 작은 새의 시체 위에 초가을의 따사로운 햇볕이 떨어져 있을 때, 대체로 가을은 우리를 슬프게 한다. 가을비는 쓸쓸히 내리는데 사랑하는 이의 발길은 끊어져...." 이미 모든 신체의 기능이 퇴화한 나이임에도 이 문장을 대할 때 내 가슴은 뛰고 있다. 안톤 슈낙은 삶의 허무함과 되돌아가고 싶지만 되돌아갈 수 없는 것에 대한 그리움, 다시 돌이키고 싶지만 그럴 수 없는 것들에 대해 아쉬움을 치밀하고 섬세하게 그려냈었다.

우리는 나름대로 열심히 모든 머리를 쥐어짜서 수필을 완성하였다. 중고등학교 다닐 때 그래도 주변에서 촉망받던 친구들인지라 꽤나 자부심을 갖고 있었을 것이고, 모두 안톤 슈낙보다 오히려 더 잘 쓰지 않았나, 하고 생각했을 것이다. 시간이 흘러 최종심사가 끝나고 선정된 한 편의 작품만 교수가 직접 낭독하였다. 뜻밖에도 내가 쓴 작품을 읽고 있었다. 아마도 나의 슬픔이 가장 슬펐던 모양이다.

방학 때면 나는 고향으로 내려간다. 호남선 완행열차를 타고 7~8여 시간을 넘게 간다. 운이 좋으면 자리를 잡아 앉아서 가지만 자리가 없이 서서 가는 것은 그렇게 낯설지 않은 풍경이다. 앉아서 가더라도 서서 가는 사람들이 팔걸이에 걸터앉기 때문에 불편하기는 마찬가지이다. 서대전역쯤에서는 잠시 쉬는 시간을 이용해서 가락국수 한 그릇을 얼른 사 먹는다. 그것도 돈이 여유 있을 때 이야기이다. 어느덧 몸은 파김치가 되고, 주변에서 들리는 전라도 사투리가 거의 100%에 가까워지면 나는 짐을 챙겨 열차에서 내릴 준비를 한다.

역 주변 상가에서 1.8리터짜리 삼학(三鶴) 소주 한 병을 산다. 고향에 갈 때면 밥을 몇 끼니 굶더라도 반드시 소주는 사야 한다. 송정리역에서 우리 고향마을까지는 약 15km나 떨어져 있다. 꽤 무거운 소주병을 들고서 낡은 버스에 몸을 싣는다. 짐짝처럼 사람들이 가득히 채워진 버스는 안내양의 "오라이!" 소리에 드디어 출발하고, 비포장도로를 덜걱덕거리며 흙먼지는 긴 꼬리를 남긴다. 30여 분을 내달린 후 나는 짐짝처럼 내던져진다.

이제부터 5~6㎞는 충분히 되는 시골 산길을 나지막이 깔리기 시작한 초저녁 굴뚝 연기 내음을 맡으며 산허리 돌아돌아 고향마을 어귀에 도달한다. 한나절 넘게 마을 앞 언덕 사자등(獅子燈)에 나오셔서 아들을 기다리는 아버지에게 다가간다. 아버지 어머니는 지금도 그 사자등에 계신다.

내가 이렇게 장황하게 고향 가는 길을 설명했던 것은 물리적으로도 우리 마을이 멀지만 바깥세상 도시와의 단절 또는 불통을 표현하기 위함이었다. 마을에 다다랐을 때 언제 보았는지 사촌누이는 "오빠 온다!"라고 소리 지르며 달려 나오고, 덩달아 이웃 아주머니 아저씨들이 반가이 맞아준다. 내가 무겁게 들고 온 삼학 소주 한 병으로 온 동네의 잔치가 된다.

도시에서는 전혀 일어날 수 없는 현상 아니겠는가. 나는 이때 이들이 나에게 건네는 눈빛, 바깥세상에서 온, 바깥세상을 경험한 나를 바라보는 그 눈빛. '그들이 생각하는 나'와 '현실의 나'와의 거리감. 이것이 나를 슬프게 한다고 썼다. 젊은 날의 슬픔이었다.

1620년 영국의 청교도들은 메이플라워호를 타고 현재의 매사추세츠주 플리머스에 도착하였다. 이들은 점차 세력을 넓혀 영국으로부터 독립을 쟁취하고 원주민 인디언들을 무자비하게 살육하고 서쪽으로 서쪽으로 가는 길을 멈추지 않았다. 다른 것들을 생각할 겨를도 없이 그들 앞에는 가야 할 대지가 펼쳐져 있고, 싸워야 할 인디언들이 있었다. 그러다가 어느 날 문득 그들 앞에는 끝없이 펼쳐져 있는 태평양이 나타났다. 더 이상 나아갈 땅도 없고, 싸워야 할 인디언도 없었다.

아침이 오면 그들은 산언덕에 올라가 멀리멀리 펼쳐져 있는 바다를 초점 없는 눈으로 바라보다, 해가 질 무렵에야 자리를 떴다. 어느덧 머리카락은 눈처럼 희고 얼굴엔 세월의 자국이 깊다.

그 언제인가 지금보다는 조금은 더 젊었던 시절, 나는 60대분들을 보면서 고령이라고 생각했으며, 얼마간 남아 있는 시간을 별 의미 없이 보내다 가실 분들이라 생각했다. 아직 나에게는 고령의 나이에 다다르기에는 긴긴 세월이 남아 있을 것이라고 믿었는데, 지금 나는 고령의 의미조차 무색한 나이가 되고 말았다.

금년에도 어김없이 또 한해의 겨울이 다가오고, 모두 두툼한 옷들을 입었다. 밖에서 머물기에는 추운 날씨인데, 한 무리의 할머니 할아버지들이 공원 화장실 뒤편 양지 녘에 옹기종기 모여, 따사로울 것도 없는 겨울의 햇볕을 쬐고 있다. 모두 갈 곳을 잃어버렸다.

　오늘 아침 우리 부부는 독감 예방주사를 맞기 위해 집을 나선다. 전철을 탔다. 좀 더 젊게 있었으면 좋으련만 아내도 벌써 무임 승차다. 앉을 자리는 없었지만 어르신 여기 앉으시란다. 모든 것이 내 의지와는 무관하게 앉아야 순리이다. 보건소에 들러 꽤나 친절한 아가씨의 안내에 따라 무료 예방주사를 맞는다. 돌아오는 길에 세계문화유산인 화성(華城)을 가보기로 했다. 역시 어르신은 무료입장이다. 성을 내려오는 길에 간단히 점심을 먹기로 했는데, 여기에서도 어르신은 천 원을 깎아주었다. 어제 들렸던 미용실에서도 천 원을 깎아주었는데, 다 받는 것보다 마음은 개운하지 않다. 어디에서나 나는 어르신으로 남아 있어야 한다.

　내일은 매우 춥다고 행안부에서 긴급재난 문자가 왔다. 강한 한파가 예상되오니 노약자는 외출을 자제하여 주시기 바란다고 한다. 별로 할 일이 없어 저녁을 먹고 TV를 켰다. 유력 야권대권 주자가 날씨도 추운데 투표장에 나오시지 말고 집에서 편히 쉬시라고 하였다며 온통 난리이다. 며칠 전 병원을 갔다 온 뒤부터는 저녁마다 한두 잔 하던 술잔도 치워버렸다. 물론 금연이다.

　마지막 잎새까지 저버린 나뭇가지 사이로 바람이 인다. 더 나아갈 길이 없는 미대륙(美大陸) 개척자들이 막다른 곳에서 느꼈던 우수가 가슴속 깊숙이 파고든다.

👣 콩 심은 데 콩 나고 팥 심은 데 팥 난다

교육학을 전공했던 나는 사회학이 필수과목이었다. 나에게는 상당히 재미있는 과목이었기에 지금까지도 그때 배웠던 주제에 대해서 몇 가지는 기억하고 있을 정도이다. 그런데 아찔했던 순간이 있었다. 기말시험 때의 일이다. 나는 흥미도 있고 하여 꽤 많이 공부하고 시험장에 들어갔는데 시험지를 받아드는 순간 앞이 캄캄했다. 시험문제는 '콩 심은 데 콩 나고 팥 심은 데 팥 난다를 사회학적으로 설명하라'였다.

요즈음 공부하고 있는 학생들은 논리적인 사고능력이 학습되어 축적되어 있겠지만 '닫힌 사고' 수준의 학생이었던 우리는 상당히 당황하지 않을 수 없었다. 나뿐만 아니고 답안지를 작성하지 못 하고 옆 사람 것을 훔쳐볼 기회만 노리는 족속들이 태반이었다. 5~6분 지났을까. 나의 뇌리에 번개처럼 스쳐간 단어가 있었다. 'Personality.' 나는 일사천리로 써 내려가기 시작했다. 내 바로 뒤 여학생은 계속해서 볼펜을 두들겼다. 볼 수 있게 해달라는 신호인 것 같다.

1차 세계대전 때 비행사 출신인 미 공군 중령이 있었다. 그는 유럽으로 발령을 받게 되어 장기간 근무를 하게 되고, 자연스럽게 그곳의 유흥업소 여자와 관계를 맺어 아기까지 갖게 된다. 물론 이 사람은 본국에 본처가 있고 애들도 있었다. 그 당시 이러한 상황은 흔히 있을 수 있는 일 중의 하나일 뿐이었다. 그러나 이 사람의 이러한 흔적들은 후세 교육학계, 사회학계뿐만 아니고 여러 분야에서 연구 대상이 되었고, 지금까지도 연구 사례로 반드시 등장하고 있다.

사회학이나 교육학에서 「Personality 형성」에 대해서 많은 연구를 하고 있다. 인격 형성의 주요 요인들은 무엇이며, 그 요인들이 인격 형성에 얼마나 영향을 미칠 것인가와 관련된다. 우리 모두 질문을 가져볼 수 있는 문제이다. 여러 가지 요인들이 있겠지만 가장 먼저 거론될 수 있는 요인이 혈통일 것이다. 이제 혈통이 인격 형성에 중요하다는 것을 증명해야 한다.

이때 가장 많이 사용되는 예가 바로 앞서 말한 공군 중령의 가족관계 이야기이다. 본처는 우수한 집안의 규수였다. 본처와의 관계에서 나온 자손들은 학계, 정치계, 의학계에서 유능한 인재들로 성장하였으며, 대부분 평탄한 인생을 살고 있었다. 반면 유흥가에서 만났던 아내와의 자손들은 마약, 절도, 살인 등 정상적이라고 볼 수 없는 삶들을 살고 있었다. 혈통이 인격 형성에 결정적 영향을 미친다고 볼 수 있는 뚜렷한 증거일 것이다. 나는 혈통의 중요성을 강조하면서 시험 답안지를 작성하였다.

요즈음 김정은이 집권하면서 관심 키워드는 백두혈통이다. 모든 문제는 백두혈통이 해결해버리는 가히 초법적 위치에 있음을 우리는 잘 알고 있다. 그는 김일성의 피를 이어받고 있어 김일성다운 면도 분명 존재할 것이다. 앞선 사례에서 보듯이 선대의 특성들이 후손들에게 이어져 내려올 수 있다. 그렇다고 해서 그것이 모든 것을 해결할 수 있는 보검이 될 수 있느냐는 것이 문제이다. 오히려 그동안 3대가 저질러 온 만행들을 생각하면 금강산 관광 중단과 개성공단 폐쇄가 어찌 당연하지 않겠는가.

그러나 현실은 우리의 예상과는 달리 그를 가장 영향력이 큰 인물로 만들어가는 중이다. 그의 한마디 한마디가 세계의 이목을 집중시키며, 우리는 마치 그의 원맨쇼를 보고 있는 느낌이다. 심지어 김정은이 남한에 와도 인기가 좋을 것이라고들 말한다. 어린애 취급을 할 것 같은 트럼프도 내가 보기에는 매우 조심스럽게 상대하는 것 같다. 강대국이라는 미국, 중국, 일본도 북한의 비위를 맞추기 급급하다. 단단히 옥죄어서 스스로 무너지게 하고 싶지 않은 사람이 어디 있겠는가. 더한 것이라도 해서 무너뜨려야겠지만 더 많은 비극을 막기 위해서는 그래서는 안 되는 모양이다.

우리 한반도는 지금 너무도 큰 변화의 중심에 놓였다. 거기에 김정은이 있다는 것은 엄연한 현실이다. 지금부터라도 혈통정치는 그만 접고 주변에 귀를 기울일 줄 아는 김정은이 되었으면 한다. 얼마나 어렵게 온 기회인가. 한 번 놓치면 다시 찾아오기 힘들며 천 길 나락으로 떨어질 수 있는 것 아닌가. 이 엄중한 순간의 의미를 이성적으로 해석하고, 우리를 둘러싸고 있는 허다한 문제들이 하나하나 해결되어 나갔으면 한다.

- 2030년 일기 중에서 -

P형! 나 어제 집사람하고 목포에서 출발하여 기차를 타고 러시아로 가고 있소. 여기는 블라디보스토크요. 해적 커피를 한잔하고 있소.

👣 운명(運命)이란

운명이란 조물주에 의하여 이미 정하여 있는 목숨을 말한다. 그러나 정작 한자로서의 운명(運命)의 뜻은 움직이고 있는 명줄로써 현재의 운명의 의미인 명줄이 정해져 있다는 뜻과는 정반대의 의미를 나타내고 있다.

조선 후기 정조시대 문순득이라는 사람이 있었다. 그는 일명 소흑산도라고 불리는 전라남도 도초면에 소속된 우이도에서 홍어 장사를 하고 살았는데, 어느 날 그는 배에 흑산홍어를 가득 싣고 영산포에 가서 팔고 오던 중 풍랑에 휩쓸리고 만다. 기약없이 떠내려가다가 도착한 곳이 일본의 유구국(오키나와)이었다. 다행히 유구국은 조선 시대 사신을 자주 보내던 나라여서 말이 통할 수 있었다. 먹을거리와 잠자리를 제공받고 그런대로 잘 지냈다. 그러나 쉽사리 조선으로 가는 배가 없기에 여덟 달을 보내다가 겨우 배를 얻어 타고 드디어 고향으로 향하게 되었다.

그러나 아직 그는 고향으로 가도록 예정이 되어 있지 않은 운명이었나 보다. 또다시 폭풍우를 만나 한없이 떠내려갔다. 무려 3주 가까이 헤매다 가까스로 육지에 닿을 수 있었는데, 그곳은 생전 듣도 보도 못한 여송국(필리핀)이었다. 그는 여송국에서 목숨을 부지하기 위해 그곳에 스스로 스며들지 않을 수 없었다. 나름대로 열심히 노력한 결과 어느 정도 돈을 마련할 수 있어 아홉 달만에 상선을 타고 중국, 광동, 북경 등을 거쳐 고향으로 돌아올 수 있었다.

고향에 도착한 문순득은 마침 유배당하여 이웃에 살고 있는 정약전에게 인사를 하러 갔다. 정약전은 문순득의 여행담을 매우 흥미롭게 듣고 며칠에 걸쳐 그와 이야기한 이국의 풍습, 옷차림, 외국어 등을 상세히 적어 내려갔고, 「표해시말」이란 책으로 엮어냈다. 이것이 바로 문순득 표류기이다.

우리들은 곧잘 복잡하게 얽혀진 삶을 기구한 운명이라고들 말한다. 과연 문순득의 이러한 행적은 조물주가 정한 운명일까? 어디까지가 조물주의 몫이고, 어디까지가 우리 인간의 몫일까. 모든 사람이 가지고 있는 공통된 질문이다. 우리 주변에는 지금도 사주 보는 집, 점집들이 많이 있다. 인생 행로 중에 많은 부분이 조물주가 정한 운명에 따른다고 믿기 때문이다. 나의 운명은 어떻게 설계되었는지 알고 싶을 것이다. 조물주가 만든 운명을 우리 인간이 과연 알 수 있을까?

어느 날 우연히 TV 철학 강의를 들었다. 각양각색의 나무를 보면 제각각의 가지모양과 다양한 크기와 모양의 나뭇잎을 가지고 있다. 조물주는 세상 모든 나무 모양을 어떠어떠하게 자라도록 정해둔 것일까? 이것이 강의의 화두이다. 이에 대한 답은 그렇게 복잡하게 만들 필요가 없다는 것이다. 모든 복잡한 것의 근원에는 단순한 기본원리가 존재하며, 조물주가 모든 나무의 교집합만을 만들어주면 외부변수의 영향으로 다양한 결과가 생겨난다는 것이다. 똑같은 씨앗을 심었다 하더라도 서로 다른 모양과 크기의 나무로 자라게 될 것이다.

마찬가지로 조물주는 인간의 운명을 미리 정해 놓을 필요가 없다. 조물주가 단지 기본적인 인간의 특징과 본능만을 부여하면, 인간 스스로 생각하고 행동하면서 많은 사건들을 만들게 될 것이다. 만약 조물주가 한 사람 한 사람 어떻게 살아가야 하는지 정해 놓는다면 얼마나 재미가 없겠는가. 자기가 만들어 놓은 피조물이 실패와 성공을 반복하며 스스로 살아가는 모습이 훨씬 더 흥미로울 것이다. 운동 시합을 하는데 철저히 각본에 따라 움직이고 결과가 이미 정해져 있는 경기를 본다면 얼마나 무미건조할까.

절대로 조물주는 인간의 운명을 미리 정해 놓지 않았다. 하지만 오늘도 나는 유명하다는 점집을 찾고 싶은 심정이다. 세상은 왜 이리 고달플까?

문순득의 두 차례에 걸친 표류를 세상 사람들은 지독히도 얄궂은 운명이라고 말할 수 있을 것이다. 그러나 이것은 운명이 아니라 우연(偶然)이다. 엄청난 우연에 또 엄청난 우연이 겹쳤을 따름이다. 항상 우리 인간에게는 많은 우연이 일어날 것이며, 여기에 인간의 의지와 노력이 더해져 운명이 만들어진다. 운명이란 한자로써 '만들어져가는 명줄'을 뜻한다. 수천 년 전 이미 운명에 대해서 정확히 정의하고 있음을 새삼 깨닫게 된다. 따라서 우리는 운명이라 포기하지 말고 열심히 노력하며 살려고 할 때 자아의 신화를 이룩하게 될 것이다.

🦶 숙지산에 가다

우리 가게의 앞면은 완전 통유리로 되어 있다. 가게에서 4차선 길을 건너면 바로 숙지산이 시작되는 산자락이다. 통유리 한 면에 숙지산이 꽉 채워지면 한 폭의 풍경화다. 요즈음 같은 여름날엔 푸르름이 짙게 더덕더덕 묻어 있어 금방이라도 물감이 흘러내릴 것만 같다. 저 멀리 들녘에서 불어오는 한 줄기 바람에 떡갈나무는 춤을 춘다. 온갖 풀벌레 소리, 매미 울어대는 소리, 이름 모를 산 새소리가 넘치는 도심의 산속이다.

여름날의 따가운 햇볕을 견디어 낸 가을의 숲은 온갖 색상이 뒤엉킨다. 내가 좋아하는 적단풍 나무도 참나무 숲 사이로 언젠가부터 들어와 얼굴을 내민다. 열매를 맺어가는 가을의 끝자락 모든 이파리는 곱게곱게 단장을 한다. 이즈음이면 한 폭의 아름다운 가을 풍경은 완성이 된다.

마지막 잎새에 삭풍이 몰아치면, 앙상한 나뭇가지 끝엔 고독이 맺힌다. 황량한 이 숲속에 하얀 눈이 소복이 내리는 날이면 산토

끼, 들고양이가 지나간 산속 길엔 우리들의 발자국이 하나하나 겹쳐간다. 눈 덮인 땅속 깊은 곳에서는 또 다른 봄이 움튼다. 봄이면 봄, 여름이면 여름, 가을이면 가을, 겨울이면 겨울, 가게 앞면 통유리에 걸린 풍경화는 각기 나름대로 특색이 있고 아름답다.

이곳 수원으로 이사를 오면서부터 길 건너 숙지산을 오르기 시작했다. 이때가 50대 중반으로 모든 신체기능이 그래도 팔팔하던 시절이었다. 그 시절에는 등산하면서 한 바퀴 도는 데 시간이 얼마나 걸리나 하는 것이 나의 관심사였다. 걸리는 시간으로 나의 체력을 가늠해보았기 때문이다. 오로지 체력을 단련시키기 위해서 산을 오르고 내렸다.

어느결에 세월은 흘러 60이 되고, 아직도 생각은 그 옛날 시골의 소년인데 늙었음의 상징인 환갑이 나에게도 찾아왔다. 이제는 나이에 걸맞게 등산을 하면서 시간 단축에 초점을 맞추지 않고, 일정한 속도로 쉼 없이 산을 돌려고 노력한다. 오늘의 건강을 내일의 건강으로 이어지게 하는 것이 목표이다.

강산도 변한다는 10년이라는 세월이 또 한 장 넘겨지고 70의 문턱도 넘은 지 오래다. 지금보다 조금은 더 젊었을 나이에는 등산하는 것은 하나의 의무처럼 생각되었다. 좋아서 가는 것보다 마지못해 가는 경우가 많았다. 요즈음에는 사무실에서 이것저것 일을 마치고 적당히 늦은 오후, 지팡이 하나 들쳐 메고 홀가분하게 떠나는 시간이 하루 중 빼놓을 수 없는 즐거운 시간이다. 모든 생각을 내려놓는 시간이다. 바쁠 것 없는 시간이다.

산자락 들어서자마자 얼마 지나지 않아 솔밭 숲이다. 짙은 솔잎 향기가 코끝을 자극한다. 이 솔향기를 돈을 주고 산다면 얼마 정도 지급해야 할까? 날씨가 따뜻한 날에는 한 무리의 할머니, 할아버지들이 벤치에서 소나무 사이로 쏟아지는 햇빛을 받으며 솔잎 향기에 취한다. 나도 가끔 이곳에서 솔향기 맡으며 시간을 보낸다. 이제 한 바퀴 도는데 시간을 재어 볼 필요가 없는 나이이기 때문이다.

솔밭을 지나 골짜기로 접어들면, 이렇게 낮은 산속에도 새들이 그토록 많았던가 싶다. 갖가지 새들의 울음소리 너머로 뻐꾸기 소리가 들린다. 나는 이제야 내 앞에 펼쳐진 것들을 제대로 보고 듣는다. 이 작은 숲에는 짙은 솔잎 향기도, 아름다운 새소리도, 갖가지 야생화도 맨 처음부터 있었을 것이다.

나는 조금은 가파른 언덕 하나를 넘고, 시간이 정지된 빈 벤치에서 저만큼 떨어져 있는 사람들이 사는 아파트 숲을 본다. 시간이 돈이었을 젊은 날에는 이곳에는 쉴 수 있는 내 마음의 벤치는 없었다. 한가함이 가득한 오후, 벤치에 나는 누운 듯 기대어 쏟아지는 햇빛을 온몸으로 받으며, 나에게 주어진 시간을 감사하게 쓰고 있다. 한 마리 청설모가 이가지 저가지 오르내리며 늙은 할아버지와 벗한다.

언덕 같은 작은 산에도 정상은 있다. 가장 높은 곳에 서서 인간들이 사는 거리를 본다. 일간 신문의 대문짝만 한 기사 제목도 하찮은 이야기로 치부된다. 아무리 사람 사는 세상이 소란스러워도 내일은 동쪽 하늘에서 태양은 다시 솟아오를 것이다. 이제 어느 정도 간이 커졌으니, 현실의 세계로 내려가자. 나의 좁은 자리로 가자.

👣 끝자락 마을

우리 고향마을은 현재는 명색이 광주광역시에 속한다. 그러나 지리적 특성 때문에 지금도 오지 중 오지이다. 과거 명칭으로는 광산군 본량면이다. 우리 면에 들어오려면 반드시 강을 건너야 들어올 수 있었다. 장성댐 부근에서 두 줄기로 형성하기 시작한 황룡강 상류는 완전히 둘로 나뉘어 우리 면(面)을 감싸고 흘러 영산강으로 합류한다. 우리 고장은 육지 속에 섬인 셈이다. 강을 건너서 들어오더라도 북동쪽으로는 주변에서 꽤 유명하고 웅장한 용진산이 가로막고 있어, 우리 마을에 들어오기 위해서는 험준한 재를 넘어야 한다.

우리 부모님께서 돌아가셨을 때 문상 오셨던 많은 사람들이 찾아오는데 꽤 어려움을 겪었으며, 마치 신석기 마을에 온 것 같다고들 이야기했다. 나의 중학교 시절까지만 해도 디딜방아, 맷돌, 연자방아, 확독, 절구통, 도리깨, 홀태, 풍고, 물래, 베틀, 소쿠리 등이 우리 마을 주요 생활 도구였다. 우리 부모님들은 낮 동안에는 논밭에서 일하고 밤에는 방아를 찧거나 베틀에서 베를 짜야 했다.

　이러한 우리 마을의 지리적 특성과 6.25라는 시국적 상황은 문명과는 거리가 먼 수백 년 전 조선을 건너 고려 후기 마을의 정경을 연상하게 했다. 따라서 우리 마을에는 물건을 등에 지거나 머리에 이고 찾아오는 장사꾼들이 많이 있었다. 이들은 우리 마을이 외부 세계와 소통할 수 있는 유일한 통로였다. 아마 우리 마을은 이러한 장사꾼들이 가장 늦게까지 남아 있었던 마지막 마을이었을 것이다. 그만큼 오지였기 때문이며 이들은 우리 마을에 적잖은 흔적을 남기고 떠났다.

　아침 동이 트이자마자 기름 장수의 "기름 사세요. 기름!"이라는 소리가 조용한 산골 마을에 울려 퍼졌다. 그 당시 우리는 밤에 등잔과 호롱불을 밝혔다. 호롱불은 밖에서 일할 때나 쓰이고, 우리 어머니가 바느질하고 삼베 짜고, 우리 형제들 공부할 때는 등잔불을 켰다. 기름 장수 아저씨는 멀리 십 리 밖에 사는 우리 국민학교 동창 여학생의 아버지였다. 그 여학생은 시골 아이치고는 꽤 예뻤었는데 지금은 이름조차 기억에 없다. 무심한 세월이 60여 년도 더 흘렀기 때문이다. 까마득히 먼 그 옛날에 그네들은 우리 동네보다는 도시가 가까운 곳에 살았기에 오지 중 오지인 우리 마을에 기름을 짊어지고 왔다.

　우리 속담에 '엿장수 맘대로'라는 말이 있다. 여기서 말하는 엿장수는 과연 몇 년이나 존재하였을까 궁금하다. 지게에 엿판을 지고 다니며 가위소리를 냈는데 가위소리는 온 동네가 다 들릴 정도였다. 지금은 보려고 해도 볼 수 없고 들을 수도 없다. 한 조각 엿을 먹기 위해 집에 있는 고무신짝을 비롯한 고물을 모두 주어다 엿장수에게 주었다. 엿을 먹을 욕심으로 집안에 아무거나 가져다 주고 부모님들에게 혼나던 아이들도 많았다. 엿장수는 기름 장수와는 정반대 방향에 사는 사람으로 가막목재를 넘어서 우리 마을까지 왔다. 우리 마을이 마지막 마을이기에 여기에 올 때쯤이면 지게에는 엿을 팔고 받은 물건들이 언제나 가득하였다.

어느 해인가는 우리 외아주머니도 오셨다. 지금은 볼 수 없지만, 그때는 밥을 놋그릇에 퍼서 담았다. 그 무거운 놋그릇을 머리에 이고 마을에서 마을로 흘러들어 끝자락 마을인 우리 마을까지 오셨다. 외할아버지는 송정리에서 유명한 한약방을 하셨던 분으로 꽤 부자였지만 외아들인 외삼촌이 화투에 빠져 그 많은 재산을 모두 탕진해버렸다. 혼란한 시국을 틈타 사기 도박단들이 극성을 부리던 시절이었다. 외아주머니가 모든 것을 떠안고 살아가야 했다. 그렇게 우리 외아주머니는 오지를 떠도는 장사꾼이 되었다.

그 당시 우리 마을에 찾아왔던 보따리 장사 중에 나에게 가장 깊은 인상을 남긴 사람은 젓갈을 파는 아주머니였다. 어디에 사는 사람인지 잘 모르겠으나 섬에서 젓갈을 사 오는 것은 분명하다. 어느 날 내가 지금까지 그녀를 기억할 수밖에 없는 일이 발생했다. 우리 마을에 6.25 때 다친 상처로 다리를 절단한 노총각이 살고 있었는데, 집이라도 부자였으면 어떻게라도 결혼을 할 수도 있었을 텐데 그렇지 못 하고 그렇게 속절없이 나이만 먹어가고 있었다. 그러던 어느 날 그가 결혼한다고 동네방네에 통문이 돌았다. 그 늙은 총각은 결혼 날짜가 정해지자 하루가 열흘이고, 또 한 달 같다고도 했다.

드디어 기다리고 기다리던 결혼식 날이 왔다. 바로 그날 젓갈 장수 아주머니는 머리에 젓갈 통 대신 아가씨를 대동하고 나타났다. 시골 마당에 설치된 결혼식장에 모습을 드러낸 아가씨는 훤칠한 키에 청순미를 지닌 너무나 어여쁜 아가씨였다. 신랑뿐만 아니고 거기에 모인 모든 하객들은 놀라움 그 자체였다.

자기 집에서는 아무도 따라오지 않고 달랑 젓갈 장수 아주머니를 따라왔던 그 어리디어린 섬 아가씨는 주변의 위세에 눌려 절을 하라면 절을 하고, 일어서라면 일어섰다. 그녀의 앞에 갑자기 나타난 한쪽 다리가 없는 늙은 남자가 자기가 평생을 같이해야 할 남편이란다. 이 엄청난 충격을 그녀는 혼자서 어떻게 감당하였을까?

60여 년도 더 지난 지금도 섬에서 오자마자 한 번도 보지 못한 남자에게 결혼의 예식을 갖추어야 했던 그 어린 소녀의 마음을 생각하면 짠하고 짠한 마음이 아직도 가시지 않는다. 그 젓갈 장수 아주머니는 얼마의 수고비를 챙기고 아무렇지도 않은 채 그렇게 또 장삿길을 떠났다.

우리 할머니 집 마당에는 여기저기서 사람들이 모여들기 시작했다.

이산 저산 꽃이 피니 봄이로구나.

봄은 찾아 왔건만은 세상사 쓸쓸하구나.

나도 어제는 청춘일러니 오늘 백발 한심허다.

내 청춘도 날 버리고 속절없이 가버렸으니

왔다 갈 줄 아는 봄은 반겨한들 쓸데가 있더냐.

막걸리 한 사발 받아들고, 술을 바라만 보아도 취한다. 기분이 엄청나게 좋아진 솥 장수는 오늘도 서편제 가락을 신나게 뽑아댄다. 장사는 이미 내팽개치었다. 목이 컬컬해지면 술 한 사발 마시고, 무엇이 그리 한이 맺혔을까? 울부짖고, 하소연하고, 흐느끼고, 애간장이 다 녹아든다. 주변에 모인 사람들도 그를 따라 흐느끼고, 울부짖고, 또 소리친다. 모두 하나가 된다. 우리 마을은 서편제의 중심지였다. 솥장수 아저씨는 서편제의 고수였던 것 같다.

우리 마을을 찾았던 기름 장수, 놋그릇 장수, 엿장수, 젓갈 파는 아주머니, 솥장수는 짧은 한 시대의 경제활동의 주역이었다. 6.25가 발발하고 아직 5일장이 재개되기 전, 움직이는 시장으로써 역할을 하였다. 5일장이 활성화되어가자 하나둘씩 자취를 감추었고, 엿가락 장수의 가위 소리도, 기름 장수의 외침도, 서편제의 한 서린 가락도 이제는 내 기억 속에서조차 사라져가고 있다.

👣 그해의 겨울

정전 협정이 이루어지고, 이제 겨우 3~4년이 지났다. 피폐할 대로 피폐해진 이 나라의 산골엔 산에서조차 나무가 거의 없는 민둥산이다. 그래도 그런 산에서 솔가리를 긁었다. 우리네야 우리가 뗄 땔감도 제대로 얻기 힘들었지만 힘센 장정들은 솔가리를 채취하여, 예쁘게 지게에 싣고 15km도 넘는 송정리 시장까지 짊어지고 가서 팔았다. 물론 나무를 사는 사람 집까지 짊어지고 가야 했다. 뒷집에 사는 대수 아저씨는 갈퀴나무 팔았던 돈으로 비린내가 나는 조기 새끼 몇 마리를 사 들고 오늘도 신이 났다.

그해의 여름은 비가 거의 내리지 않았다. 모내기해야 하는데 하지 못하고 논바닥은 거북 등이 되어갔다. 궁여지책으로 밭에다 심는 벼(옛날 가뭄에 심었던 벼 품종)를 심는 농가들도 있었지만 그렇게 기대한 만큼 소득을 올리지는 못했다. 겨울에 접어들자 벌써 먹을 것이 떨어지는 농가들이 나타나기 시작했다. 우리 어머니는 쌀독에서 밥을 짓기 위해 쌀을 퍼 오면서 절약에 절약을 했다. 그렇게 가져온 쌀을 부엌에서 물에 넣기 전에 또 한 움큼을 덜어서 쌀을 모았다. 그토록 절약했지만, 동지가 오기 전 이미 쌀은 바닥이 나버리고 시래기에 밀가루를 조금 넣어서 먹고 지내야 했다.

언젠가부터 나의 얼굴에는 하얗게 버짐이 피기 시작했고 나는 그 이유를 몰랐다. 그러나 어머니는 왜 아들의 얼굴에 버짐이 피는지를 알고 계셨다. 아들의 얼굴에 버짐이 피는 까닭을 알고 있는 어머니는 결국 동네 한가운데 우물가에서 하혈하고, 정신을 잃은 채 쓰러져버렸다. 어머니를 집으로 옮겨 얼굴을 천으로 덮어드렸다. 병원은 물리적으로도 먼 거리에 있지만 우리들의 마음에는 아예 없었다. 그렇게 하룻밤이 지나고, 또 하룻밤이 지나고, 주렁주렁 딸린 새끼들을 못 잊어 어머니는 다시 눈을 뜨셨다.

동지가 지나고 며칠 뒤 눈이 밤새 소복이 쌓였다. 겨울 찬바람은 지리산에 가로막혀 산을 넘지 못하고 우리 마을에 엄청난 눈을 내렸다. 버스가 다니는 신작로 길에서 7km를 들어와야 하는 첩첩 산골의 우리 마을에 오늘은 경사가 났다. 우리보다는 조금은 나이를 더 먹었던 딸그만이 누나가 시집을 간다. 자기 위에 얼마나 많은 딸들이 있었기에 그런 이름으로 살았는지 잘 모르겠지만, 그 누나 밑에도 우리 또래의 딸아이가 또 있었다. 태어날 때부터 천대 속에서 살아왔을 것이 분명하다. 또다시 딸이 연이어 태어났으니 인계를 잘못한 딸그만이 누나의 잘못이 너무도 크다.

키도 크고 얼굴도 가름했던 그녀는 지금 같으면 예쁘다는 소리를 들었겠지만, 그 당시에는 키만 큰 멀대같은 존재였다. 학교는 구경도 못 하고 농사일 돕다가 식구 하나 줄이기 위해 15살 나이에 시집을 간다. 속절없이 함박눈이 펑펑 내렸다. 그녀는 가마조차 없이 동지섣달 색동저고리 입고 눈길을 울며불며 걸어서 이 마을을 떠났다. 돌아보기도 싫었을 이 마을을 이제 다시는 오지 않을 양 돌아보며 보며 결국 하나의 점도 남기지 않은 채 마을 어귀를 돌았다. 나는 지금도 국민학교 3학년 정도였던 내가 그녀를 바라보던 그 날의 모습을 잊지 못한다. 그 후 한 번도 그녀의 소식을 듣지 못했다.

딸그만이 누나가 떠난 이 마을의 가난은 조금도 해결되지 않았다. 6.25 전쟁을 거쳤지만, 자식들은 되는 대로 낳아 한 집에 5~6명은 보통이었다. 우리 집만 해도 6남매였다. 그 시골 마을 움막집에서 10여 명 가까이 사는 집도 많았는데, 어느 집이고 먹고살기가 힘들었다. 겨울이 이제 서서히 물러서고 양지바른 곳에는 제법 따사한 햇볕이 늘기 시작했다.

그러던 어느 날 윗집에서 자운영을 캐와서 무쳤다고 먹으러 오라고 했다. 자운영 나물은 지금도 맛이 있지만, 그 시절엔 말로 표현할 수 없을 정도였다. 모두 맛있게 먹었다. 그러나 그날 참혹한 사고가 발생하고 말았다. 너무 배고픔에 허겁지겁 먹던 그 집 딸애가 자운영이 목에 걸린 것이다. 당황한 아이의 엄마는 동네방네 소리쳤지만 이미 그 애는 점점 핏기를 잃어가고 얼마 되지 않아 더 이상 이 세상 사람이 아니었다. 그날 오전만 해도 나와 같이 소꿉놀이하던 아이였는데, 이제는 서로 생과 사의 다른 측면에 있다. 70여 년 전 그날은 지금도 잊히지 않는 나의 기억 속의 하루가 되고 말았다.

동장군이 물러서려고 하자 이제 모든 것이 꿈틀대기 시작했다. 봄 농사를 위해 벌써 밭갈이가 시작되고, 어떤 농가는 작년 추수 후에 미처 하지 못한 밭 설거지를 하기도 했다. 새로 학교에 입학하는 자식들을 둔 가정에서는 등록금 마련을 위해, 그동안 애지중지 키워온 닭과 돼지도 팔아야 했다. 그러나 인봉이 아저씨네는 주변과는 전혀 다른 일로 몹시 분주하게 돌아가고 있었다.

어느 날 내가 학교에서 돌아오자 마을 사람들이 고샅에서 웅성거리고 있었다. 인봉이 아저씨네가 이사를 떠났다고 했다. 이웃 주변 마을이 아니고 말로만 듣던 서울이란다. 그 아저씨는 남아 있는 모두에게 적잖은 충격을 남기고, 아버지의 아들이 살았고 그 아들의 아들이 지켜왔던 이 마을을 떠나고 있다. 어떤 인연으로 그가 과감하게 고향을 떠나 서울로 가는지는 그때 나는 어려서 잘 몰랐다. 다만 들리는 이야기로는 지게꾼이 될 거라고 했다. 젊고 힘이 센 인봉 아저씨는 충분히 성공할 수 있었을 것이다.

이제 이 마을은 지금까지의 조용한 침묵 속에서 깨어나, 무엇인지 모를 무언가에 엄청나게 빠르게 빠져들어 가고 있다.

👣 하늘 정원

몇 년 전부터인가 몸이 유연하지 않고, 항시 굳어 있다고 느껴지기 시작했다. 몸을 푸는 동작을 열심히 하여 보았지만 아무 소용이 없었으며, 유연하지 않으니 조그마한 충격에도 크게 다치기 일쑤였다. 어느 날 자고 나니 오른쪽 어깨가 들어 올릴 수 없을 정도로 아팠다. 며칠 있으면 풀리겠지, 생각하고 이렇게 저렇게 움직여 보았지만 결국에는 대학병원까지 갔다. 이즈음에는 또 무릎까지 갑자기 아파서 병원에서 사진만도 20여 장 찍었고, 약을 한 보따리 받아서 왔다. 한 달이 지나고 또 한 달이 지나도 아무 소용이 없다. 어깨와 무릎은 점점 더 아파져 왔다.

병원만 믿다가 안 되겠다 싶어 동네 태국마사지를 한번 받아보기로 하고 제일로 세게 해줄 수 있는 안마사를 불렀다. 고등계 형사들이 주리를 튼다는 옛말이 갑자기 생각났다. 계속 소리를 지르며 어렵사리 90분 코스가 끝났다. 효과가 너무 좋아서 한 번 더 받았다. 덕분에 병원 이야기로는 염증이 있다는 팔은 완전히 나았다. 이제는 무릎을 위해서 등산을 하기로 했다. 사무실 바로 앞 4차선 도로를 건너면 숙지산 자락이다. 오후 4시면 지팡이 하나 들고 산에 오른다. 요즈음 산에는 많은 운동기구가 설치되어 있다. 바쁠 것 없는 시간이고 하여 이것저것 운동기구를 타 본다. 무릎을 위해서, 팔을 위해서, 또 허리 근육을 위해서 각종 기구에 매달려 본다.

며칠 전 꽤 나이가 든 여자분인데 가장 높은 철봉에 매달려 있었다. 내 기억으로는 내가 젊었을 때도 가장 높은 철봉을 잡을 수 없었는데, 여자가 어떻게 매달려 있을까 싶었다. 그녀의 키는 결코 나보다 크지 않았다. 철봉에서 내려오기에 그 여자분에게 혹시 운동선수였냐고 물었다. 몸이 매우 유연하시다고 말을 건넸다.

나의 이 한마디는 그녀로 하여금 그녀의 모든 역사가 실타래처럼 풀려 나오게 했다. 나이는 70살이며, 50살에 골프가 하도 치고 싶어서 퇴직하고 골프와 함께 세계여행에 빠져 몇십 개국을 다녔다면서 이야기는 계속되었다. 골프는 팔로 치는 게 아니라 몸으로 쳐야 한다며 몇 차례 시범을 보이더니, 또 철봉에 매달렸다. 마침 기둥 옆에는 커다란 돌이 있었다. 그것을 밟고 올라서더니 철봉에 매달렸다.

내가 그녀를 감탄하고 존경하는 눈빛으로 바라보았던 것은 높은 철봉을 뛰어올라 잡았을 거라는 생각 때문이었다. 그다음부터는 그녀에게 더 이상 관심을 가질 이유가 사라졌다. 씁쓸함만을 남기고 그녀는 자기의 길을 갔다.

그런 일이 있고 며칠 뒤 나는 높은 철봉을 기어이 한번 잡아 보려고 몇 차례 시도해보았다. 번번이 실패하고 손끝만 아팠다. 머리카락이 하얀 늙은 할아버지가 어찌 보면 주책이다. 그때 마침, 내 옆에는 40~50살 되어 보이는 한 여자분이 레그 프레스 기기를 타고 있었다. 내가 철봉에서 물러서고 다른 기구를 타고 있었는데, 그 여자가 자기가 타고 있던 기구를 그만두고 철봉이 있는 곳으로 왔다. 순식간에 풀쩍 뛰어오르더니 쉽게 움켜쥐었다. 턱걸이하려나 생각했는데 그냥 내려왔다. 그리고 다시 한번 뛰어오르더니 철봉을 또 움켜쥐었다. 무언가 보여주려는 의도가 분명했다. 그리고는 휑하니 가버렸다.

그녀는 키가 잘하면 나만큼은 되는 것 같다. 하지만 아무리 내 나이가 70대 중반이라지만 남자 체면이 말이 아니었다. 그녀는 철봉에서 매달리기를 한 것도 아니고, 턱걸이를 할 것도 아니면서 왜 철봉을 잡았을까? 좋은 방향으로 생각하자. 나도 충분히 잡을 수 있다는 것을 보여주기 위함이었을 것이다. 이렇게 마음을 고쳐 생각해보니 갑자기 철봉을 잡아 보는 것이 나의 소원이 되었다.

현재의 나의 신체조건이나 정신상태로는 높은 철봉을 잡을 수 없다. 체중을 우선 대폭 줄이고 스프링처럼 뛰어오를 수 있게 유연성이 확보되어야 한다. 아무리 보아도 30cm 이상은 뛰어올라야 할 것 같다. 한 달간의 체력단련 계획을 수립하고 훈련에 돌입했다. 하루 10,000보 이상 걷고, 4km 자전거 타기와 레그 프레스, 트윈 트위스트, 공중 걷기, 역기 올리기 등 유연성 강화 운동을 하루도 빠지지 않고 하였다. 비가 오면 우산을 썼다.

힘든 한 달이 지나고 드디어 철봉을 잡아보기로 했다. 야구선수가 정신을 집중해서 코너 코너를 정확히 찌르듯이 정신을 집중하고 또 집중해서 뛰어올랐다. 드디어 내가 그동안 밟고 지내던 지구를 떠났다. 나는 새(鳥)가 되었다. 63세 때 민간인으로는 최고령자로 한탄강에서 번지점프를 했던 기억이 난다. 뛰어내리는 것과 뛰어오르는 것은 또 다른 느낌이다. 이번엔 나는 중력을 거슬러 솟아올랐다. 솟아오르는 허공에서 무언가 손에 잡혔다.

30cm 솟아올라 바라본 지구는 내 발아래 까마득하다. 내가 도착한 곳은 '하늘 정원'이다. 아픔이 사라졌고, 뻣뻣했던 몸은 유연해졌다. 싱싱한 건강이 돌아왔다. 체중은 무려 5kg이 감량되었다. 어둠은 사라지고 나를 감싸고 있는 주위는 밝음으로 채워졌다. 아픔이 없는 이 하늘 정원에서 앞으로 있을 그 마지막 날까지 머물고 싶다.

🐾 품격있는 황혼 만들기

딸이 읽고 난 책 중에서 김유정 문학상 수상 작품 한강의 「작별」이 내 눈에 들어왔다. 과거 젊었을 때 나는 몇 년 동안 이상(李箱) 문학상 수상 작품을 매년 사서 읽었던 기억이 있다. 지금까지 가지고 있는 것 중에서 가장 오래된 것이 87년도 이문열의 「우리들의 일그러진 영웅」이다. 처음 사서 보았던 이 작품에 끌려 매년 출간되기를 기다렸다 구하여 읽었다. 김채원의 「겨울의 幻」, 양귀자의 「숨은 꽃」, 한승원의 「해변의 길손」 등 기라성 같은 작품들이었다. 한승원 씨의 딸이 바로 한강이다.

한승원 씨의 작품을 열심히 읽었던 터라 한강이 「채식주의자」로 맨부커상을 받자마자 책을 사서 읽었다. 그러나 몇 번을 읽어도 또 읽어도 무슨 말이 무슨 말인지 알 수가 없었다. 이 책은 맨부커상을 수상했기 때문에 영어로 쓰인 책도 있다. 외국 사람들도 이해하고 극찬하는데 왜 나는 이해할 수 없을까? 하고 영어로 된 「채식주의자」를 주문하였다. 그러나 문장 자체도 어려웠겠지만 완전 축소판이라서 돋보기를 쓰고도 볼 수가 없었다. 아예 접어두기로 했다.

그 후 상당한 시간도 흘러, 내게는 또한 흘러간 연륜이 쌓여, 이제는 웬만한 것을 이해할 수 있겠지라는 생각으로 한강의 「작별」을 읽기 시작했다. 겨우 50여 페이지이지만 도저히 하루 만에 읽을 수가 없었다. 중간 정도 읽다가 다시 앞으로 가기를 반복했다. 이해를 한 것은 아니고 그냥 문자를 읽었다. 답답했다. 슬펐다. 인터넷을 뒤져 남들이 쓴 독후감을 읽어보았지만 대부분 역시 아리송한 이야기만 남겼다. 그래도 조금씩 한강이 이야기하고자 하는 것에 접근해가고 있는 나를 발견했다.

현대인은 사물의 위치로 내몰리고 있다. 나도 내 아이들을 보면서 그런 생각을 많이 했다. 과거에 우리는 그래도 퇴근하면서 길거리에서 드럼통 하나 놓고 장사하는 곳에서 돼지껍데기를 사먹더라도 인간다운 면이 있었다. 그러나 요즈음 사무실 풍경은 우리 세대와는 완전히 다르다. 인간이 숨 쉬는 공간이 아니다. 인간들이 앉아 있는 것이 아니라 마네킹들이 앉아 있다.

이 작품에서 주인공은 일찍 이혼하고 고등학생인 아들과 살고 있다. 7살 연하의 남자와 연애를 하고 있으며, 얼마 전에는 다니던 회사에서 권고사직을 당했으며, 그녀를 둘러싸고 있는 주변은 그녀의 삶이 아니라 사물의 위치로 그녀를 끊임없이 몰아붙였다. 사물처럼 사무실에 앉아있었고 사물처럼 지하철에 실려서 집으로 돌아오곤 했다.

작가는 소설 작별의 맨 첫 줄에서 주인공을 눈사람으로 만들고 이 소설은 시작된다. "난처한 일이 그녀에게 생겼다. 벤치에 앉아 깜박 잠들었다가 깨어났는데 그녀의 몸이 눈사람이 되어 있었다." 이것이 소설 맨 첫 줄의 문장 내용이다. 이 부분을 잘 이해하지 않으면 이 소설을 읽어나가기 어렵다.

여기에서 눈사람의 특성을 알아보자. 눈사람은 인간과 사물의 경계, 삶과 죽음의 경계, 존재와 소멸의 경계에 놓여 있다. 눈사람이 된 주인공은 눈사람이자 인간이고, 지금은 살고 있지만, 점차 녹아 없어지는 삶과 죽음의 경계에 놓여 있으며, 곧 소멸할 존재인 것이다. 경계에 놓인 주인공은 주변과 이별을 준비한다. 사랑하는 아들과 애인과도 헤어져야 할 시간은 점점 다가오고 있음을 온몸으로 느낀다. 마취 주사를 맞은 듯 둔감해진 감각과 심장 부근에서부터 녹아내리는 자신의 육체를 느낀다.

그녀는 연인과 키스를 하고, 아이와 끝말잇기를 하고, 부모님께 안부 전화를 하고, 남동생에게 연락을 한다. 그 과정에서도 그녀는 조금씩 부스러지고 조금씩 녹아내린다. 그러나 그녀는 소멸의 운명 앞에서도 인간의 품격을 유지하면서 의연하게 이별을 하는 것이다.

대학 시절 잠깐 알고 지내던 여학생은 자기 주변을 항상 정리하면서 산다고 했다. 언제 죽을지 모르는 운명이기에 늘 죽음을 예비한다고 했다. 그러나 그때는 죽음을 예비한다는 것은 나와는 거리가 먼 이야기로 들렸고 조금은 의아하기까지 했다. 이제야말로 우리 나이는 삶과 죽음의 경계, 존재와 소멸의 경계에 놓여 있다고 생각하지 않을 수 없다. 조용히 주변을 돌아보고 하나하나를 정리하면서 주변과 아름다운 이별을 준비할 때이다. 소멸의 운명을 사랑으로 받아들이고 품격을 유지하자. 아름답게 소멸해가는 우리의 모습이 되자. 항시 예비하고 두려워하지 말자.

「어린 왕자」 책에서 간간히 명대사가 있어 의미를 더해주었던 기억이 있다. 이 책에서도 그런 명대사들이 종종 반짝인다. 명대사 몇 개를 올린다.

「사장실에 낯익은 정물이 된 것처럼 사장의 방 앞에 앉아 있는 그의 침착한 옆모습을 지켜보던 오후. 그녀는 언젠가 내셔널 지오그래픽에서 보았던 나무늘보의 발톱을 떠올렸다. 그 긴 발톱들은 날카롭게 휘어 있었지만, 누구를 공격하는 대신 나뭇가지에 매달려 버티는 데에만 사용된다.」

「마치 고독한 어른 흉내 내는 듯 뒤이어 고백했다. 엄마가 집에 오래 있으니까 의지하고 싶은 마음이 생기는데 사실 엄마는 그렇게 강한 사람이 아니잖아. 나는 아무래도 혼자 있어야 강해지는 성격인 것 같아.」

「둘의 눈이 마주친 순간 아기가 소리 없이 웃었다. 그렇게 절대적인 믿음이 담긴 웃음을 그녀는 그날 처음 보았다. 흔히 말하는 절대적인 사랑은 모성애가 아니라 아기가 엄마에게 품은 사랑일지도 모른다. 신의 사랑이란 게 있다면 그런 것일지도 모른다고 생각했다.」

👣 이반 데니소비치의 하루

아침부터 TV에서는 날씨 때문에 난리이다. 몇십 년 만에 최강 한파라고 한다. 체감온도 -22도이고 실제로도 -17도라니 이렇게 추워 본 적이 있었나 싶다. 작년에는 눈 한 번 제대로 오지 않더니 어제 내린 눈으로 금년 처음으로 하얀 눈이 소복이 쌓였다. 코로나 때문에 주변 상가들은 썰렁하고 우리 가게 역시 썰렁하다. 그래도 이제 다가올 구정 대목 때문에 이것저것 준비하느라 분주한 아침이다.

이때 우리 가게 직원 아가씨의 핸드폰이 울리기 시작하며, "사랑해. 사랑해."를 연발한다. 남자 친구가 생기더니 컬러링이 당장 「사랑해」로 바뀌었다. 짧은 통화 후 그녀는 "외할아버님이 돌아가셨대요." 라며 전화 속 이야기를 전했다. 달랑 직원 하나가 전체 직원의 100%인 가게에서 사고가 생긴 것이다.

모든 가게 업무가 컴퓨터로 이루어지는 요즘은 우리 노부부에게는 젊은 인력이 없는 경우는 지옥이다. 이제 그 지옥의 문이 열린 것이다. 직원이 조퇴하고 얼마 지나지 않아 세무사 사무실에서 전화가 왔다. 연말정산 자료를 빨리 보내 달란다. 어렵사리 자료를 찾아 Fax로 전송했지만, 자꾸 오류라고 뜬다. 무엇을 확인하여 보라고 문구가 뜨는데 도저히 알 수 없어, 급한 마음에 ○○전자 서비스센터에 fax기를 들고 달려갔다. 서비스센터 기사는 한참을 점검하더니 아무런 이상이 없고 정상이란다. 사무실로 돌아와서 다시 시도해보았지만 마찬가지였다. 이제는 인터넷 문제밖에 없을 것 같아 해당 통신사에 전화했다. 그러나 여기에서도 역시 정상이란다.

지금까지의 과정이 글로는 이렇게 몇 마디로 정리되었지만, 시간상으로도 꽤 많이 흘렀고 나의 속은 또 얼마나 타들어가고 있는지 모른다. 이제 마지막 수단으로 연결된 선을 뽑았다가 다시 연결하기를 시도해보았다. 아무리 잘 꽂아 넣어보아도 마찬가지이다. 반복하다가 지쳐버린 마지막 끝자락에서 어제 우리 직원이 fax기의 위치를 바꾸더니 선을 잘못 연결하지 않았나 하는 생각이 번쩍 들었다. 어렵사리 12시 이전에 세무 자료를 보낼 수 있었다.

오늘은 매우 중요한 날이다. 그동안 남의 건물을 전전하며 영업을 했기에 어려움이 많았다. 가게를 옮길 때마다 엄청난 인테리어 비용을 지급해야 했고, 돌려받을 수 있을지 확신할 수 없는 권리금은 항시 불안할 수밖에 없었다. 계약기한이 도래하면 어김없이 임대료는 올라가는 쪽이었다. 그래서 가게를 하는 사람들은 자기 건물에서 영업하는 것이 소원이다. 때마침 주변에 새로운 단지가 개발되고 상가 분양이 시작되었다. 경쟁률이 대단히 높아서 우리 가족을 총동원했다. 오늘이 바로 상가 분양 신청하는 그 날이다.

점심을 먹고 오후 4시가 마감인 상가 분양 신청업무를 시작하려고 USB를 컴퓨터에 삽입했다. 그러나 접속이 되지 않는다. 몇 차례 반복했지만 역시 마찬가지이다. 또 애간장이 타오르기 시작했다. USB에 들어 있는 모든 자료가 날아가지 않았나 걱정이 앞선다. 공인인증서를 비롯한 각종 자료가 담겨 있는 이동장치이다. 하늘이 무너진 것 같은 느낌이다. 자료의 존재 여부를 확인하기 위해 다른 컴퓨터에 연결해 보았더니 천만다행으로 모든 자료가 살아 있었다.

금융업무는 지정 컴퓨터에서 작업하게 되어 있어서 나의 전용 컴퓨터에서 다시 시작해보았다. 분양 마감 시간은 다가오는데, 컴퓨터가 USB를 인식하지 못하고 있다. 육체적 일을 하면 배가 고파오지만, 정신적인 스트레스는 속이 쓰리다. 급히 먹은 점심이 속쓰림으로 다가왔다. 도저히 나의 컴퓨터에서는 작업이 불가능하여 할 수 없이 작업을 포기하고 은행으로 직접 달려갔다. 분양 신청서를 작성하고 정신없이 입금까지 마쳤다. 마감 시간 2분 전이었다. 오랫동안 꿈꾸어오던 소망이 마지막 순간의 문제로 물거품이 될 뻔했다.

어렵사리 일을 마치고 사무실로 돌아와 USB를 본래 장소에 두려고 찾았다. 아뿔싸! USB 몸통은 사라지고 줄과 윗 연결 부위만

덩그러니 남아 있고 본체는 잃어버렸다. 평소에도 연결 부위가 느슨해서 주의를 기울였는데 사무실로 오는 길에 빠뜨린 모양이다. 머리는 하얗게 되고, 하늘은 노랗게 변했다. 분주히 오던 길을 샅샅이 뒤지며 오르락내리락을 반복했다. 자료가 날아가는 것도 엄청난 사실이지만 잃어버렸다는 것은 상상하기조차 싫은 일이다. 남의 손에 들어가지 않고 쓰레기 처리장으로 갔으면 차라리 나을 것 같다. 무언가를 잃어버리고 허둥댈 때마다 우리 집사람은 나에게 치매기가 있어서 그러니 천천히 여유를 갖고 찾아보라고 조언한다. 오늘도 우리 집사람의 말은 틀림이 없었다.

긴 하루가 끝나가고 퇴근을 준비하고 있었다. 그때 핸드폰이 울렸다. 경찰서라고 하며 젊은 형사가 나의 신분을 확인했다. 밤 늦은 시간임에도 불구하고 당장 출두하란다. 늦은 시간에 밥도 먹지 못하고 젊은 형사 앞 철제 의자에 앉았다. 대뜸 하는 말이 형사처벌 대상이란다. 형사처벌이란 용어가 나에게도 적용되는 용어임을 깨닫는다 할 수 없이 조금은 측은하게 보이기 위해 쓰고 있던 모자를 벗고 하얀 머리카락을 드러냈다. 집사람도 나의 이러한 행동에 동의하는 것 같았다. 나의 측은지심 작전은 어느 정도 성공한 것 같다. 젊은 경찰관 아저씨는 나를 고발한 상대방에게 전화했다.

"나이가 많으신 할아버지인데요. 가벼운 접촉으로 생각하시고 별다른 이상이 없어 그냥 가신 것 같아요."

집으로 돌아와서 늦은 저녁을 먹었다. 그러나 인류는 하루를

24시간으로 정해 놓았고, 저녁 12시에 이르러야 하루가 끝나는 것이다. 아직도 오늘이 끝나기까지는 2시간이 남았다. 시간에 쫓기어 제대로 점검하지 못했던 오늘 은행 업무를 점검해보았다. 2,000만 원을 다른 사람 계좌로 보내버렸다. 계좌번호 숫자 하나를 잘못 입력하였고 불행하게도 그 숫자에 맞는 통장이 존재하였으며 이름도 거의 비슷하여 그냥 지나치고 말았다. 돌려받기도 꽤 어렵겠지만 분양 신청이 되지 못한다는 것은 너무도 가슴 아픈 사실이다.

그러나 오늘의 꼬임은 여기가 끝이 아니다. 더 한 충격이 기다리고 있었다. 통장에서 돈을 출금하고서는 일부만 송금하고 2,000만 원은 그대로 처리하지 않은 채 은행을 나와버렸다. 이 시간 밤은 깊어 가고 은행 문은 굳게 닫혀 있다. 갈 곳 잃은 나의 돈은 어느 가상공간에서 자리를 잡지 못한 채 지금 떠돌고 있을까.

이제 인생 후반기의 이반 데니소비치는 「늙었음」의 수용소에서 깜짝깜짝 놀라고 가슴 조이며, 잠 못 이루는 밤을 맞이하고 있다.

🐾 2019 / 2020

그동안 우리가 살아오면서 많은 기상 이변을 겪으며 끔찍했던 기억도 많다. 지독한 가뭄도 있었고 이따금 전국을 강타한 태풍도 있었다.

사라호 태풍 때는 온 들판이 물바다가 되었다. 모심기하여 놓은 벼포기들이 물에 잠기어 숨을 쉬지 못하고 썩어갈 때 농민들의 가슴도 까맣게 타들어 갔다. 어느 해 지독한 가뭄에는 어머니를 비롯한 동네 아주머니들은 성난 동학군이 되었다. 호미와 곡괭이와 삽을 들고 머리에는 수건을 둘러쓰고 동네 영산인 염불암산에 올랐다. 그 산 정상에 누군가 몰래 써놓은 묘 때문에 하느님이 노하셔서 비를 내려주지 않는다는 믿음은 절대적이었다. 성난 여인네들에게는 인정도 사정도 법도 그 무엇도 없었다. 묘를 순식간에 파 뒤집어버렸다.

그리고 나서 우리 어머니들의 하느님은 드디어 노여움을 푸셨다. 어머니와 동네 아주머니들이 집에 도착하기도 전에 그토록 오지 않던 비가 주룩주룩 내렸다. 모처럼 어머니의 새까만 얼굴 위로 윤기나는 웃음이 흘렀다.

그러나 금년은 과거와는 너무도 다르다. 아마 역사가 기록된 이후 처음 일어난 일일 것이다. 눈이 없는 겨울이다. 눈을 쓸기 위해 빗자루를 들어보지 못했다. 이것은 어떤 불길한 징조일까.

그럭저럭 2019년도는 중반을 넘기고 가을을 향해서 달리고 있었다. 그 가을의 언저리에서 이상한 일들이 벌어지기 시작했다. 대법원과 대검찰청이 있는 서울의 서초동 거리에 사람들이 모여들기 시작했다. 딱히 누군가가 계획하지도 않았지만, 순식간에 사람들이 눈덩이처럼 불어나 매주 주말이 되면 100만 명을 훨씬 넘는 인파가 요동을 쳤다. 그들의 손에는 한결같이 촛불이 들렸으며, 100만 개가 넘는 촛불이 살아 움직이는 광경은 가히 장관이었다. 또 다른 손에는 '조국 수호'라는 팻말이 들려 있었으며, 가끔씩 "조국 수호"라는 구호를 외치기도 하고 또 다른 구호도 외쳤다. 그러나 필사적이거나 피를 토하는 절규와는 거리가 멀었다. 가끔은 꼬맹이들이랑 같이 참가한 가족들도 있었다.

가을이 가고 추운 겨울이 다가와도 행렬은 끝날 기미는 없고 계속 지속되었다. 어쩌다 한 번쯤은 100만 명이 모일 수도 있겠으나, 매주 주말마다 계속해서 이렇게 많은 인파가 모인다는 것은 이변 중의 이변일 수밖에 없다. 괴이한 일이다.

또 다른 한편에서도 엄청난 군중들이 모여들었다. 정부 청사가 있는 광화문에서 남대문까지 이르는 도로에는 촛불 대신 우리

나라 국기인 태극기가 물결쳤다. 이곳 역시 100만 명이 넘는 인파이다. 멀리 지방에서 올라온 분들도 많은 듯 이곳저곳에서 지방 사투리가 뒤섞여지고, 태극기를 손에 든 한 무리의 군중들이 열을 지어 태평로 길을 오르내린다. 가끔 격렬한 외침 속에 살아 움직이는 태극기 또한 장관이었다. 이곳에서는 '조국 사퇴'라는 팻말을 들었다.

밤거리 일백만 개의 흔들리는 촛불과 일백만 개의 태극기 물결은 말 그대로 장관이 아닐 수 없다. 서초동도 광화문도 누구로부터 강요받지 않고, 스스로 참가하는 사람들이 대부분이라고 보아도 무리는 아닐 것이다. 역시 가을이 가고 겨울이 와도 행렬은 멈추지 않고 계속되고 있었다. 오천 년 우리나라 역사에도 다른 나라 역사에도 이렇게 많은 인파가 계속 모이는 것은 아마 처음 있는 일일 것이다. 눈이 오지 않던 2019/2020의 겨울에 있었던 일이다.

단군의 자손인 우리 민족은 "우리 공동체 의식"이 매우 강한 나라이다. 종교조차도 우리를 갈라놓지 못한다. 이 점이 세계가 우리를 부러워하는 점이다. 우리에게는 나의 마누라까지도 우리 마누라이다. 그러나 서초동에 촛불이 켜지고, 광화문에 태극기가 휘날리더니 한 나라가 두 동강이로 나뉘는 것 같다. 동창회를 비롯한 각종 모임에서도 서로 둘로 갈라지고 있다. 아무리 친하였던 친구지간이라도 태극기인가 촛불인가에 따라 건너지 못할 강이 흐르고 있다.

이념논쟁이 극에 다다랐을 6.25 시절에도 아마 이렇게까지 철저하게 서로 대치하지는 않았을 것이다. 전시가 아니어서 망정이지, 만약 전시였다면 끔찍하였을 것 같은 생각이 든다. 이토록 온 나라가 갈라지고 있는 것은 과연 '조국' 때문일까. 이토록 심화하여 가는 분열의 원인은 무엇일까?

조국 대전의 함성은 여전히 열기가 식지 않은 채 2019년도 막바지를 향하고 있었다. 11월 어느 날부터인가 이웃 나라 중국에서 이상한 괴질 소문이 들리는가 싶더니, 얼마 지나지 않아 이탈리아에서도 괴질로 인해 난리가 났다. 지금까지 세계역사에서 그 예를 찾아볼 수 없는 가장 강력한 역병이었다.

순식간에 온 세계에 전파되고, 하루에 수천, 수만명이 걸렸다. 전파력이 매우 강하고, 사망률도 높았다. 불행하게도 치료제도, 예방접종 할 수 있는 백신도 없었다.

그야말로 지구촌은 아수라장이 되고, 사람의 이동을 최대한 통제하였다. 하늘을 날아야 하는 비행기는 공항 활주로에서 졸고 있고, 망망대해를 향해 나아가야 할 선박들은 항구에 정박한 채로 긴 휴식을 취해야 했다. 항공업계를 필두로 여행 업계가 문을 닫았고, 상가들도 줄줄이 문을 닫았다. 대부분의 회사는 재택근무 체제로 전환하였고, 구매 활동 또한 온라인으로 빠르게 전환되어 갔다. 세계 어느 나라를 막론하고 경제는 끝없는 곤두박질을 계속하였다.

모든 사람들은 마스크를 써야 했고, 서로 모이는 것을 막아버렸다. 심지어 할아버지 할머니가 귀여운 손자 손녀를 보러 가는 것조차 막아버렸다.

역병 발생 2개월 후, 우리는 코로나19라고 명명하고 세계 각국의 환자 수와 사망자 수를 매일 같이 집계하여 발표하였다. 이 숨막히는 공포는 언제 끝나려는지. 아직도 그 기세가 대단하다. 몇 개월째 코로나19가 뒤덮어버린 이 세상은 어떻게 변할까? 지옥의 문이 열린 것인가? 그렇지 않으면 더 나은 새로운 세상으로 변할 것인가?

우리 한반도에 겨울눈이 오지 않았던 2019/2020년에 발생했던 '조국 대전'과 '코로나19'는 수억 년 뒤에도 인구에 회자되는 미증유의 사건이 될 것이 분명하다.

🦶 시지프스 신화

상당히 오래전 이야기이다. 중국의 황산이라는 곳이 관광지로써 우리나라에 소개되기 시작하던 시절이었다. 모처럼 형제자매 가족들과 함께 여행을 떠났다. 그러나 그 유명하다는 황산은 안개 때문에 10m 앞도 보이지 않아서 구름 속을 헤매다 내려왔다. 그러고 나서 들렸던 도시가 항저우시였다. 나는 항저우시의 청결함에 놀라움을 금치 못했다. 평소에 청결에 관심이 많은 편이라서 우리를 안내하는 가이드에게 항시 도시가 이렇게 깨끗한지를 물어보았다. 언제나 변함없이 관리가 잘 되고 있다는 설명이었다.

인구 100만 명이 훨씬 넘는 이 도시가 이렇게 청결할 수 있을까 싶었다. 도대체 어떠한 시스템을 작동하고 있을까 궁금하지만, 나로서는 알 길이 없다. 공산주의 체제이기에 가능한 것일까? 아무리 국민 의식 수준이 높은 나라에서도 이렇게 청결한 도시는 없을 것 같다. 우리는 이처럼 깨끗한 도시를 가질 수는 없는 것일까?

내가 살고 있는 수원은 Clean City Suwon을 지향하고 있으나 별다른 변화가 느껴지지 않는다. 미국 같은 나라에서는 자기 집 정원 잔디를 깎지 않고 방치하면 벌금을 부과한다고 들었다. 우리 나라에서는 자기 집 앞 눈을 쓸지 않아도 누구 하나 따질 수 없다. 모든 것을 고도의 시민의식에만 맡겨놓은 자유민주주의 국가이기 때문일 것이다.

별다른 규제가 없는 우리네 도시 거리에는 불법 광고물과 버려진 쓰레기의 천국이다. 아침에 출근하면 어김없이 라디에이터 실외기 위에는 먹다 남은 음료수 깡통 하나가 덩그렇게 놓여 있고, 도로 위에는 마음껏 피우고 버린 담배꽁초들이 어지러이 널려 있다. 내 사무실 좁은 문틈 사이로는 시도 때도 없이 광고물이 쏟아져 들어온다. 상점 홍보에 쓰이는 고무풍선으로 만든 아치는 도로를 점하고, 보행로에는 스티커 광고물이 덕지덕지 붙어 있다.

오토바이 한 대가 굉음을 내며 지나가면 무수히 많은 명함이 쏟아져 나오고, 아르바이트 아주머니는 열심히 건물 벽 빈 곳에 대형마트 Sale 전단을 붙여 나간다. 문손잡이에는 셀 수 없이 많은 열쇠 가게 전화번호 종이가 붙여지고, 도롯가의 전봇대에도 결혼 상담, 사주 관상, 중고차매매, 맞춤 대출 등 광고물이 빼곡하게 붙어 있다.

가을이 오면 찬바람이 일고, 푸르렀던 이파리들은 갈색으로 변하고 잡초들도 누렇게 변해간다. 생기를 잃은 사무실 앞 화단은 지저분하기까지 하다. 이때쯤이면 행인들은 아무 거리낌도 없이 온갖 오물들을 화단에 버린다. 요즈음에는 마스크도 꽤 버려져 있다. 담뱃갑, 화장지, 과자 봉투, 음료수 캔, 각종 전자제품 등 폐기물 버리는 곳이 되어버렸다. 나의 인내심의 한계는 여기까지였다. 뜬금없이 나는 "천원마트" 계산대 앞에 섰다. 좀처럼 내가 물건을 사지 않고, 아내가 사준 대로 입거나 쓰면서 지금까지 살아왔다. 그러나 오늘은 좀 다르다. 절대로 사줄 것 같지 않은 물건들이기 때문이다. 호미와 꽃삽 그리고 빗자루를 비롯한 청소도구를 샀다.

우선 나의 사무실이 속해 있는 블록을 청소해볼 요량이다. 이제 내 나이도 있고 하니, 너무 욕심을 부릴 수 없다. 약 80m의 화단과 도로를 관리해보기로 하고 풀을 뽑기 시작했다. 젊은 날 직장 들어가기 전까지는 어머니 혼자 일하시는 것이 너무도 애처롭게 보여 어떻게라도 틈을 내서 시골에 내려가 논두렁 밭두렁을 수없이 오갔다. 그랬던 나였기에 이까짓 거야 식은 죽 먹기겠지, 하고 시작했다.

그러나 허리가 아파온다. 무릎도 아파온다. 목이 마르다. 가도 가도 먼 전라도 길처럼 아직도 갈 길이 멀다. 옆에 가게 아저씨들이 한마디씩 한다. 왜 그렇게 힘들게 풀을 뽑으시냐고 묻는다. 시청에서 일당 받고 청소하노라고 해두었다. 고개를 갸우뚱하면서도 그럴 수도 있겠다는 생각이 드는지 어느 정도는 수긍하는 것 같다. 드디어 우리 호랑이 할머니가 나오셨다. 먼지 둘러쓰면서 청소하는 것 보고는 하는 말 "치매 초기에는 청소를 한다고 하데요." 나이도 그러할 나이이고 하니 거의 확신해가는 것 같다. 한마디 더 한다. "그래도 청소하는 것은 순한 치매이니 다행이네요."

이제는 매일 아침 출근과 동시에 청소를 시작한다. 어김없이 더럽혀진 도로와 화단을 치우며 도로를 따라 한 발짝 한 발짝 옮겨간다. 너무도 어지럽혀진 도로를 보며 은근히 화가 난다. 시 행정을 도대체 어떻게 하는지. 규제하고 계도를 하면 될 터인데, 복지부동하는 것 같아 속이 터진다. 그래 보행자들도 그렇지! 이게 도대체 이성을 가진 자들의 짓인가. 깨끗하게 정리된 도로에 저렇게 오물을 버리는 사람들의 심리는 도대체 어떻게 설명될 수 있을까? 청소하면서도 속이 부글부글 끓어오른다. 매일 매일 청소하지만 저런 사람들 때문에 도로는 또다시 오물투성이가 계속될 것이 분명하다.

청소를 시작한 지 한 달이 넘고 두 달이 간다. 어느 하루도 더럽혀지지 않는 날이 없다. 고도의 시민의식이 발휘되어 어느 날 우리 사무실 앞이 깨끗해지리라 생각하지 않는다. 내일은 또다시 이 기리엔 오만 가지 쓰레기가 버려져 있을 것이다. 이것이 우리의 삶이라는 것을 이제야 깨닫는다. 버려져 있기에 나는 치워나가는 것이다. 버린 사람들에 대해서 이제는 원망 같은 것도 하지 않는다.

내가 살아 있고, 살아 있는 나는 내 앞에 놓인 오물을 치워나가는 것이다. 어찌했건 내가 지나간 자리는 이발을 한 듯 깨끗하다. 청소가 끝나고 지나온 길을 돌아보면 그 순간만이라도 깔끔한 화단이며 도로가 시원스럽게 펼쳐져 있다. 무언가 뿌듯한 기분이다.

사무실로 돌아오는 길에 나는 또 다른 꿈을 꿀 수 있다. 내년 새로운 봄이 오면 화단 빈 곳에 예쁜 꽃씨를 뿌리고, 매일 물을 주고 새싹이 돋아 나오기를 기다리며 아름다운 봄을 보내련다. 내년에도 이토록 행복한 시간을 부여받을 수 있기를 간절히 소망해본다. 치매는 한 단계 더 깊어 가고 있다.

우리를 만나다

우리 세대는 우리나라 역사상 가장 처절한 시대를 살아왔다. 6.25 전쟁이 끝나가고 먹을 것이 없어 많은 생명이 죽어가는 시절이었다. 그러던 어느 겨울 소복이 내린 눈을 밟으며 친척 아주머니 한 분이 까만 보자기에 무언가 가득 담아 들고 오셨다. 우리 앞에 펼쳐진 것은 하얀 쌀이었다. 까만 보자기를 펼치자 드러난 쌀은 황금보다도 더 빛났다.

이 세상은 우리에게 어쩌면 너무도 사납고 거칠다. 행복하기보다는 지치고 짜증 나는 순간이 많다. 절대자는 이 세상을 결코 낙원으로 만들지 않았으며 노력하지 않고도 편하게 살 수 있는 그런 공간을 우리에게 마련해 주지는 않았다. 이 세상은 각본에 따라 살아가는 공간이 아니고, 각본 없는 공간에서 우리가 스스로 헤쳐 나가도록 설계된 것 같다.

그러나 절대자는 우리에게 희망을, 그리고 용기를 갖도록 하는 능력을 주었다. 사람과 사람 사이에는 배려와 사랑이라는 묘약도 곳곳에 숨겨 놓았다.

살아오면서 더 나은 미래 더 좋은 세상을 꿈꾸며, 수많은 피와 땀을 흘렸다. 우리는 지금도 그런 꿈에서 헤어나지 못하고 그런 꿈을 붙들고 산다. 가끔은 배려와 사랑의 묘약에 취해 온몸이 전율하는 환희를 느껴본다.

젊었을 적 나는 직장동료들과 힘을 합쳐 장학회를 조직하고, 불우 청소년들을 지원하는 활동을 하였다. 받는 기쁨보다 주는 기쁨이 훨씬 크다. 돌이켜보면 정말로 행복했던 순간이었다. 앞으로도 가족 간에 숨겨진 묘약과 이웃 간에 숨겨진 묘약을 찾아 떠나 보련다.

우리가 이 세상에 머무르는 까닭

초판 1쇄 발행 2023년 11월 27일

지은이 김상량
발행인 김혜원

브랜드 아침놀북
주소 경기도 수원시 장안구 대평로 27
전화 031-271-0637
이메일 achimnol@outlook.com
발행처 아침놀연구소 **출판신고** 2022년 4월 25일 제2022 - 000039호

아침놀북에서 삶의 예술가를 꿈꾸는 이들을 위한 일상 속 다양한 인사이트를 만나보세요!
홈페이지 https://achimnol.com
블로그 blog.naver.com/achimnolsight
인스타그램 instagram.com/achimnolbook

© 김상량, 2023
ISBN 979-11-984302-0-5 03810